不起眼的我
在妳房間做的事
班上無人知曉
1
Kadokawa Fantastic Novels

——改變髮型，拿掉眼鏡的話，佑希應該也會為我感到開心吧？
高井柚實
Yumi Takai
這樣平凡的我，真的很習慣和女人相處嗎……？
遠山佑希
Yuki Toyama

CHARACTER

I am boring, but my classmates do not know what I am doing in your room.

遠山你該說是很冷淡呢，還是比較成熟呢？

上原麻里花
Marika Uehara

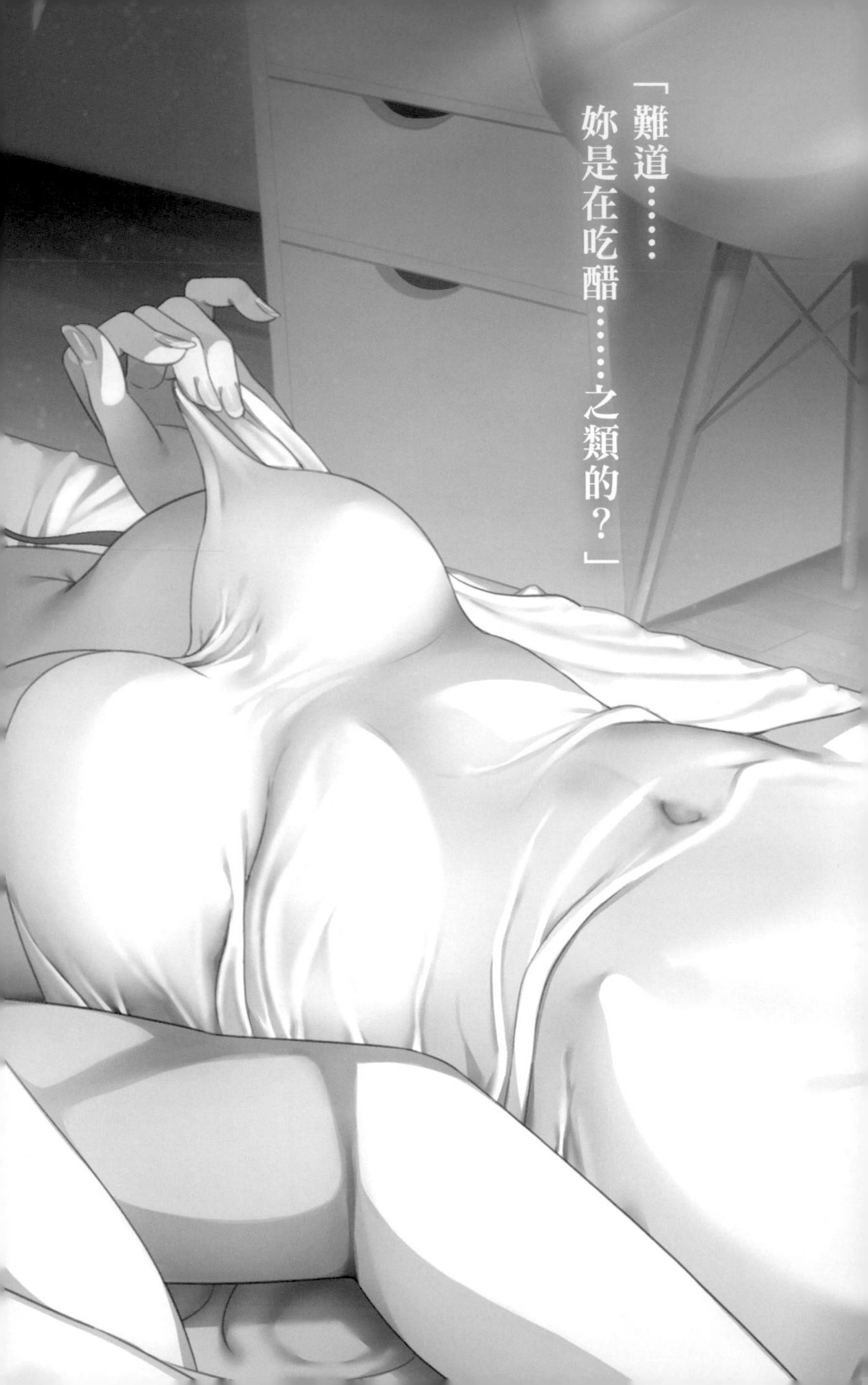
「難道……妳是在吃醋……之類的？」

「……我們只有肉體關係。
沒有那種——感情成分在。」

「上、上原同學？」

「我說遠山啊……
即使被我雙手環抱你也毫不動搖呢。
難道我真的那麼沒有魅力嗎？」
柔軟的觸感從背後傳來，
還有上原的美好香味。
我們貼近得足以感受到
她的心跳聲與鼻息。

99+
高井柚實
我之前買的小說很有趣，妳要看嗎？
我想看。
那放學後在圖書室拿給妳吧。
拿到我房間來。
咦？妳要我特地拿到妳家嗎？
對，今天我家沒人在所以沒問題。
我知道了，妳先回家。
嗯，期待你來。
Aa

不起眼的我在妳房間做的事班上無人知曉

1

ヤマモトタケシ
插畫　アサヒナヒカゲ

Kadokawa Fantastic Novels

I am boring, but my classmates do not know
what I am doing in your room.

CONTENTS

CHARACTER

I am boring, but my classmates do not know **what I am doing in your room.**

遠山佑希

獨來獨往的邊緣人主角。興趣是讀書，第一印象看來老實卻意外地好勝。或許是有炮友，才有餘裕看起來像個成熟的大人。

高井柚實

佑希的炮友，時常出沒圖書室。比佑希更沒存在感，
戴著眼鏡給人樸素的印象。雖然本人沒有自覺，卻是個美人。

上原麻里花

學校社交圈中的頂層菁英，外表華麗的女生。性格極其善良，
是班上最受歡迎的人物。其華麗的外貌讓周圍的異性為她傾倒。

沖田千尋

佑希的好友。個頭矮小，第一眼會被誤認為女性的美少年。

遠山菜希

佑希的妹妹。重度兄控，喜歡哥哥的味道。

相澤美香

麻里花的好友。雖然外表看似初中生，實際上有大姊頭風範值得信賴。

倉島和人

班上最帥的男生，以自我為中心，會看不起他人。

石山沙織

同班同學。對倉島抱有好感。

「啊，保險套已經沒了。」

遠山看著空空如也的保險套盒子，在心中抱怨著：「沒了就丟掉啊」，完全不提最後一個使用完的就是自己。

「就算沒有保險套，只要射在外面，我也可以接受的。」

提出這個對遠山來說，不……對男人來說簡直是夢想般的提議的，是裸體躺在床上的同班同學高井柚實，呼吸凌亂的她直到剛剛還被遠山在心中抱怨著。

「我怎麼可能那樣做。我們還是高中生，要是懷上孩子不就糟了？今天就算了吧？」

「我……想繼續做耶。」

對已經完全興奮起來的高井來說，不能現在才喊停。

「是嗎……那我去便利超商或別的地方買吧。」

雖然遠山是在正來勁的時候才發現沒有保險套，但還要特地出門買，他實在嫌麻煩。

「我也去吧？」

「不用，我一個人去就好。妳還要穿衣服也很麻煩吧？」

裸體的遠山穿好衣服，踏出了家門。

話雖如此，不過這裡不是遠山的家，而是高井家。她家是單親家庭，家人有母親和姊姊。她母親要工作養家，似乎很少回家。

而她姊姊也在男友家處於半同居狀態，聽說幾乎不會回來。

遠山對別人家的家務事沒有興趣，不打算深入了解，所以沒有多問。

「雖然剛剛說要到超商買，但超商實在有點……我記得稍微遠一點的地方有自動販賣機吧……」

憑著不是很可靠的記憶，遠山為了尋找保險套，在夜晚的街道上徘徊。

「喔，有了！」

走了三十分鐘左右，他終於找到自動販賣機。行人不多，他可以不在意他人目光地買到。

正當遠山順利買到保險套即將走上歸途時，背後傳來呼喚聲。

「咦？遠山？」

他轉頭確認聲音的主人，站在那裡的是眼熟的同班女同學。

遠山連忙將保險套收進上衣的口袋中，畢竟對同學說明這種事很麻煩。

「上原同學？」

上原麻里花染燙著明亮色系的大波浪捲髮，因其華麗的外貌和人氣，屬於班級社交圈中的頂層菁英。

同時兼具美麗與可愛，身材姣好，壓倒性的胸部讓洋裝膨得鼓鼓的，充分展現其存在感。

而且她受歡迎的程度在班上名列第一。

遠山聽說她也很受別班男生的歡迎。

「上原同學，難不成妳是住在附近嗎？」

「算是啦。比起那個，遠山你在這種地方做什麼？應該問說，你剛剛藏進口袋裡的是那個對吧？」

上原用手指向在黑暗中散發著明亮燈光的保險套自動販賣機。

看來她似乎是從頭看到尾了，好險沒有和高井兩個人一起過來，遠山鬆了一口氣。

「對，是沒錯啦。」

「嗯……那是你自己要用的嗎？」

像遠山這種班上不起眼的邊緣人，竟然會買那種東西，這才是上原關注的地方吧。

不過上原沒有揶揄他，而是以正經的表情探頭看著遠山的臉。

「啊，這是我哥叫我來買的啦。他說會給我零用錢。」

遠山隨口說謊打算蒙混過去。其實他沒有哥哥，不過上原不可能會知道。

「是嗎……不過，遠山你家應該不在這附近吧？」
雖然不清楚上原為什麼會知道遠山的家不在這附近，但遠山感覺她好像在懷疑些什麼。
「雖然我答應要買，但去超商還是覺得尷尬，我找自動販賣機找著找著就繞到這麼遠的地方來了。」
遠山不由得說出這種謊來敷衍。
「嗯……好吧，算了。感覺遠山你也沒有那種需求。」
上原到方才為止還一派正經的樣子，一下子轉換成開朗的表情。
「沒錯沒錯，對我來說是無用之物……那我哥還在等我，我也該回去了。」
雖然還在等我的不是我哥就是了。
要是談話時間拉長，被問得愈多，愈容易出現破綻，遠山快速地將對話劃下句點。
「好，那明天到學校再聊。」
「好喔，明天見。」
遠山和上原雖然同班卻很少說話。今天說不定是至今為止聊得最久的一次。
上原的周圍聚集著陽光開朗而且外型優秀的同伴們，組成社交圈頂層階級。
遠山不擅長和那種人相處，所以極力避免與他們扯上關係。
——明天到學校再聊……？
其實，就算在學校遇到，他們也沒有話題可聊吧。他和上原的關係只有這種程度而已。

就像要逃離上原般，遠山告別後匆忙趕回高井家，進到房間，沒想到後者竟然以全裸之姿躺在床上，發出規律的鼻息。

「這算什麼……我可是跑了大老遠耶。」

遠山一邊看著高井可愛的睡臉，一邊並非真心地抱怨著。

不過，不巧遇到同班的上原之後，他不論身心都感到疲累，現在要他做愛他也嫌麻煩了。

說不定這樣正好，遠山一邊撫摸著高井的頭髮一邊想道。

為了避免高井感冒，遠山幫她蓋上毯子，隨即離開了她家。

——希望班上不會傳出奇怪的謠言。

遠山懷著不安踏上歸途。

◇

被上原目擊到買保險套的隔天，到校的遠山坐到自己的位子上，在班會開始之前看小說打發時間。

遠山平常會在下課和午休看書打發空檔。他喜歡藉由讀書來安靜地度過時間。他絕不是獨行俠，但也沒有很多關係特別好的同學。

「遠山，早安！」

今天和平常的早晨不同，上原一到校就向遠山打招呼。她的心情似乎從早上就特別好。

「啊、喔……上原同學早啊。」

他從來都沒跟上原道過早安，今天吹的是什麼風？

遠山並不是不信任別人，他只是對到昨天為止都沒道過早安的上原抱有戒心。

「昨天晚上才見過呢。」

「對啊，妳有什麼事嗎？」

就算對我說昨晚才見過呢，我也沒有話可以回。要是有事也希望可以趕快結束。

「我沒事要找你……難道沒事就不能找你說話嗎？」

一直覺得講話很麻煩的遠山忍不住擺出冷淡的態度，似乎讓上原覺得受到冒犯。

「不是，我不是那個意思……抱歉。」

「總覺得遠山你該說是很冷淡呢，還是比其他男生要成熟得多呢。」

「我覺得我很普通喔。應該是我很老實，才會讓妳看起來是這樣吧？」

社交圈頂層的男生們為了在女生面前表現優點，常常會得意到忘形，相對來說才會覺得自己看起來很冷靜吧？

「對，就像這樣！總覺得你很從容，或者是很豁達呢？」

和上原這種在班上很受歡迎的女生說話，在教室中就會受到注目，老實說他很希望她趕快放過自己，遠山在內心這麼想著。

「麻里花，和那種邊緣人聊天也不好玩吧？我們走吧。」

突然插進兩人談話，還若無其事地口吐惡言的男同學是同班的倉島和人。

外型帥氣的倉島和上原同樣都屬於社交圈頂層的小團體。遠山聽說他很受歡迎，有好幾個女同學都向他告白過。

「和人，你這種說法很沒禮貌喔。」

上原不知為何還費心替遠山說話，被提醒的倉島則是神色不快。

「……遠山，對不起。」

倉島喜歡上原是班上眾所周知的事實。

雖然他聽從上原的話，語氣僵硬地道歉了，但可以看出他自己其實對遠山並沒有一丁點的歉意。

「不，沒關係，我不在意。」

會突然在本人面前若無其事地口吐惡言的傢伙，對遠山來說也是不想扯上關係的類型。就算被他討厭也不是問題，遠山其實也不是很在意。

「麻里花，走吧。」

倉島不知為何以上原的男友自居。很明顯是想裝帥來引起上原注意，但她本人卻露出困擾的表情。

「抱歉遠山，下次再介紹有趣的書給我吧。」

這麼說完之後，倉島和上原就回到了社交圈頂層的小團體之中。那種感情很好的小團體感覺也很麻煩，還是一個人輕鬆多了，以邊緣人的方式看待事情的遠山，如此眺望著他們。

——有趣的書……上原同學感覺對小說沒有興趣。

可能只是遠山不知道，說不定其實她很喜歡書。

思考著這種事情的遠山感受到不知從何而來的視線。他環視周圍便和高井對上眼，察覺她就是視線的主人。

高井從遠山身上移開目光，回到剛剛在看的書上。

就算高井看到剛剛遠山和上原的交談過程，她應該也不會嫉妒吧。因為她和遠山根本不是戀人關係。

高井和遠山之間只有做愛的肉體關係，亦即所謂炮友，並不是對彼此抱有情意的關係。

他和高井初識於放學後遠山在圖書室做圖書委員會的工作時，和前來還書的高井不經意地聊起書的話題。某天以借書為由，她邀請他去她家。

『要做愛嗎？』

在到訪的高井房間裡，她向遠山輕聲說道。遠山也沒有理由拒絕，便和她肌膚相親，有了肉體關係。

她這麼輕易地邀約，遠山原本以為她一定是個放蕩女，但令他驚訝的是高井還是個處女。遠山也還是處男，兩人都是第一次，一邊從錯誤中摸索一邊繼續做下去。

遠山是正常的性慾旺盛的健康男高中生。有好一陣子他為了滿足性慾而沉溺於高井的身體。而她並非為了滿足性慾，而是為了填補某種事物而依賴著遠山。

這樣的高井和遠山不曾在教室裡說過話。

所以遠山和高井是炮友這件事，班上的人都還不知道。

◆

我的班上有個叫做遠山佑希的同學。

遠山感覺很老實，總是在讀書，乍看之下外表並不引人注目，就是會被稱為邊緣人的那種男生。

我很在意這個乍看之下不起眼的男同學。

班上的大多數男生，特別是和我交情比較好的這一個小團體裡的男生，只要和我說話就會直盯著我的胸部，完全暴露下流的想法。交談內容也可能是為了引起我的注意，老是在耍帥和誇耀自身，內容很貧乏。

當我拒絕其他男生的告白時，那些男同學會毫不在乎地說對方像是真不知天高地厚啦，配不上我啦的這種壞話，簡直就像小學生或初中生一樣幼稚。

我只想和同個小團體中的女生交好，老實說我對這個小團體中的男生沒有興趣。

但是遠山不一樣。大多數的男生都不時的偷看我，只有他像是沒有注意到我一般，對我完全沒有興趣，只是安靜地看書。

我和這樣的遠山昨晚偶然在街上相遇了。

遠山毫不顧忌自己在買保險套的那一幕被我看到了，不慌不忙地以冷靜的姿態和我繼續交談。

老實說，我當場目睹遠山在買保險套的事，讓我有點不開心，不過這是祕密。

最後聽到遠山說是他哥要用的時候，我鬆了一口氣，這反應嚇到了我自己。

從頭到尾保持冷靜，散發著穩重成熟氣質的遠山，是從未出現在我周遭的男生類型。

這讓我更想多了解遠山一些，所以我試著向他道早安，但他冷淡的反應讓我有點沮喪。

倉島和人是個很受女生歡迎的俊美男生，然而他卻會看不起人，今天早上他還來找遠山麻煩。不過，遠山不在意地忽視了。我忍不住覺得這樣的他游刃有餘而且很帥氣呢。

我深刻地理解到，只要有修養就會很帥氣，這與外貌美醜無關。

他讀的是什麼樣的書呢？他是什麼樣的人呢？

我就這麼開始對遠山感到興趣，想要和他交好。

◇

「佑希，一起吃午飯吧。」

前方座位的沖田千尋轉過頭來，在遠山的桌上打開便當。

千尋是遠山為數甚少的朋友之一，個性沉穩，待人和善，不論和誰都能結下好交情。

他是和遠山正好相反的男生類型。

而且他體型纖細、個頭小小的，相貌輪廓也像女孩那般眉目如畫，要是他沒穿男生制服，說不定看起來會像個剪短頭髮的女孩子。

可能是這個原因讓他不僅在女生之間受到歡迎，在男生中也很有人緣。

「千尋，你今天帶便當啊。那個分量夠吃嗎？」

宛如減肥中的女生會使用的小型便當盒，容量只夠吃個兩口就沒了。

「我吃這樣就夠了。佑希你也是啊，你只吃兩個麵包嗎？」

「剛剛我吃了飯糰，吃太撐的話下午會睡不著。」

在課堂間早早吃過便當的遠山表示這個分量就足夠了。

「不多吃一點會長不大喔？」

「我可不想被千尋這麼說。」

被個子和食量都小的千尋這樣說，遠山覺得還滿有說服力的，反而可以理解了。

千尋的關懷好像是女朋友一樣，總覺得讓人有點不自在。

應該是千尋像女孩般的外貌讓遠山忍不住有這種想法的吧？

——有女朋友就是這種感覺吧？

遠山有炮友，卻不曾有過情人，他和高井之間也不曾做過像是情人般的舉動。說到底遠山就是一個沒有女人緣的邊緣人。

「我自己也想長得更大一點啊，但胃容量小，吃這樣就飽了。」

「你真的不是女生嗎？」

「你好過分，我很在意這個的。」

鼓起臉頰鬧彆扭的千尋……很可愛。可愛到讓人懷疑他真的是男生嗎的程度。

「如果千尋你是我的女朋友就好了……」

「佑、佑希！你、你在說什麼鬼話啦！我、我們都是男生耶……」

「開、開個玩笑啦。我也沒有那種意思，你放心。我很正常。」

「唉……真的不要再鬧了喔。對心臟不好。」

這樣害羞著的千尋臉色微紅。

「比、比起這個，你早上很難得地和上原聊天了吧。」

大概是出於害羞，千尋拋出別的話題。

「對啊……大概是因為昨晚偶然在街上遇到她的關係吧？也不是說關係有好到哪裡去。我和那個小團體的人沒辦法交情變好吧。」

這麼說完後，遠山看向上原與倉島所在的小團體。接著和遠山對上視線的上原，在那對高聳的胸部前面小幅度地揮了揮手。

「怎麼上原同學她好像正在對佑希你揮手呢。」

遠山無視她的動作，逕自從上原所在的小團體轉回視線。要是又牽扯到倉島就麻煩了。

「佑希，這樣好嗎？你竟然無視她。」

「嗯，當然好啊。我不太想和他們扯上關係。」

「……可是，似乎不能如你所願了喔。」

——咦？

遠山有一瞬間不明白千尋的話中之意。

「有點過分喔！我難得向你招手，你別無視我嘛。」

原來是上原離開小團體，來到了遠山他們這邊。

「啊……抱歉。看你們聊得開心，就覺得不好意思打擾。」

不能直說和你們扯上關係很麻煩，遠山只好隨便搪塞理由。

「比起那個……你們兩個感覺好像是一對耶。從遠處看過來，你們之間就像在打情罵俏一樣。」

上原交互地看著遠山和千尋，說出了衝擊性的發言。

「咦咦？我們都是男生喔，怎麼會被那樣看待……」

千尋的內心動搖了，但遠山覺得他扭捏的樣子中莫名地帶點開心。

「沖田同學你的女子力比那邊的女生還高呢。遠山你也不是完全無感的對吧？」

上原一派輕鬆地說著恐怖的話。

「不要，別這樣。就算千尋再怎麼像女生，這玩笑也開得太過火了。」

上原就像剛惡作劇完的孩子般地嘻嘻笑著，看起來完全就是以揶揄兩人為樂。

——咦？

遠山再次察覺到不知從何而來的視線，他不轉頭，只轉動眼球來搜尋視線的主人。

看來是高井……還有一個，似乎是皺著眉頭往這邊瞪著的倉島。他應該是對上原過來遠山這邊感到不快吧。

昨晚和上原的偶然相遇造成兩人的連接點，真是時運不濟啊，遠山嘆了口氣。

然後是高井……至今以來她在教室內都對遠山澈底地不表露關心，但是今天看起來卻是注意著遠山。這是因為上原跑來找遠山的關係嗎？

雖然他似乎應該要很了解高井，但其實遠山也摸不清她。當他還在思考她是怎麼了的時候，下午課程的預備鈴響了。

「午休差不多要結束了，我去趟廁所。」

遠山這麼說完強制結束與上原的對話。因為他覺得再讓倉島繼續瞪著自己也很麻煩。

——下次直接問高井她到底是在意什麼好了。

一邊走向廁所，遠山一邊喃喃自語。

◇

遠山身為圖書委員，在放學後要在圖書室的櫃檯處理書本的借出與歸還業務。

上課結束後會需要一口氣處理很多同學的借書和還書，告一段落之後圖書室恢復了安靜，遠山一個人處理著把書放回書架上的作業。

當他默默地處理時，圖書室的門喀拉一聲地打開了，遠山看向開門進來的女同學。

及肩長的黑髮配上粗框眼鏡。纖細的身材與略顯平坦的胸部。乍看之下是樸素的女同學，遠山卻連藏在她衣服下的痣的位置都很清楚，而且也知道不起眼的她，其實真面目是個出色的美女。

「我要還這本書。」

遞出一本書的女同學就是遠山的炮友——高井。

遠山沉默地收下，開始處理還書。

「那個……」

高井好像想問遠山什麼事，有些客氣地出了聲。

「什麼事？」

「還是算了。」

高井有一瞬間浮現鑽牛角尖的表情，立刻又恢復平常的面無表情，結束與遠山的對話後，便走向書架找書去了。
遠山雖然也有話想和高井說，但還是以圖書委員的工作為優先，決定先專心處理工作。
只有遠山和高井兩人的圖書室中，時間安靜且緩慢地流逝著。
高井大概是找到想看的書，坐在座位上，沉迷於閱讀之中。
遠山默默地繼續工作，終於將還書全都歸位到書架上。
早上和午休都感受到高井的視線讓遠山感到在意，他非常想知道原因，於是打算開口詢問她。
高井——
「發現遠山！」
正當遠山剛喊出聲的瞬間，被猛然打開圖書室的門跳進來的人給打斷了。
不懂得看時機，吵鬧地闖入圖書室的是個眼熟的人物。制服敞開露出胸口，壓倒性的胸部擠出乳溝，染燙著明亮色系的大波浪捲髮，像這樣的女生，遠山只認識一個。
「上原同學，在圖書室請保持安靜。」
「啊，對不起……不過也沒有別人在嘛。那不就好了？出一點聲也沒關係吧。」
上原似乎沒看到高井。遠山指向高井坐著的那桌。
「原來高井同學妳在啊？抱歉吵到妳了。不過我完全沒有察覺妳在耶。」
高井在教室中也是這種氣質和樣貌，確實存在感薄弱。現在大概又因為專心於閱讀中，

比平常更加沒有存在感。
　高井無言地瞥了一眼上原，便迅速地將視線轉回原本正在閱讀的書上。
「啊，我冒犯到高井同學了嗎……？如果害妳不高興我道歉。我沒有什麼惡意的……」
　高井平常就是這種感覺。不知道這點的上原，以為高井不說話是因為生氣了。
　說不定是平常上原身處的小團體調性影響，讓她現在無法辨別那種氣氛。不過，看她有好好反省並道歉這點來看，她也不是什麼壞心眼的人吧。
　遠山看著消沉的上原這麼想著。
「我不在意，沒事。」
　高井的回答很冷淡。
「太好了……高井同學妳在教室裡也常常讀書呢。妳都讀些什麼書呢？如果可以，能介紹給我嗎？」
　上原是對讀書很有興趣嗎，她連高井都問有沒有推薦的書。但是高井讀的書對上原來說應該會很難懂。高井喜歡純文學所以經常閱讀這類書。遠山曾經受她推薦試著讀過，但藝術性太高他看不懂。
「上原同學，圖書室嚴禁交談喔。請不要打擾其他人讀書。」
　遠山說著符合圖書委員形象的話來幫高井打圓場。照這樣下去他只能預見上原單方面地向高井搭話的未來。

「抱歉打擾妳讀書了。下次在教室時我再問妳。」

沒聽高井的回答，上原就單方面地結束談話，轉而走向圖書室櫃檯遠山的所在之處。

「吶，如果是和圖書委員遠山聊書本的話題，就不算私下交談了吧？今天早上和你聊到的推薦書籍，告訴我吧。」

確實和管理書籍的圖書委員聊書本的話題就不算私下交談了。上原的頭腦意外地靈活。

「是啊，是這樣沒錯，不過妳不理會倉島他們沒關係嗎？要是他又來找碴引發騷動，我可不想領教啊。」

「和人他有事先回去了，沒問題的。」

「那就好。」

「今天早上他來找遠山麻煩真抱歉。和人他沒有惡意，只是有點自我中心而已。」

如果說他本人沒有惡意的話，那反而更讓人覺得他個性惡劣。

「這也不是妳的錯，就不用道歉了。倉島似乎是因為喜歡上原同學，所以才會嫉妒的吧？該說是獨占欲嗎？」

「嗯……和人他很受歡迎，我想應該沒有那種事吧……不過，有時我會覺得他有點煩啦。」

那樣的話不要一起行動不就好了？雖然遠山這麼想，但一日形成小圈子的話就不能這麼做了吧。

真是麻煩啊，雖然覺得這是別人的事，卻又覺得上原有點可憐。

「關於這點，遠山你很沉著冷靜又游刃有餘，還很溫柔，我覺得這樣很好喔……」

上原隔著櫃檯抬眼凝視著遠山。她的表情看來有些泛紅，說不定是從窗戶照進來的晚霞餘暉所致。

「我想借這本書。」

遠山和上原大概對視了數秒左右吧。喀噹一聲從椅子起身，向櫃檯跑來的高井說了這一句話，讓兩人回過神來。

不同於平常說話總是不帶感情，遠山感覺到高井的語氣中蘊含著怒氣。

「歸還期限是兩週後。」

「謝謝。」

遠山即使面對高井也是以公事公辦的態度對應，因為這裡是圖書室，不管有沒有人在都一樣。

高井一拿到書就直接離開了圖書室。

「高井同學好像心情不好呢……是我害的嗎？」

遠山從高井的態度中感覺到類似怒氣的情緒，上原似乎也感覺到了。

「不是……高井在圖書室時總是那種感覺，我認為妳可以不用在意喔。」

「原來如此……高井同學常常來圖書室嗎？」

「嗯，可以說她是常客了。」

「你和高井同學常常聊天嗎？」

上原似乎很在意高井，向遠山問了很多事。

「我們都很喜歡書，所以常聊天。」

「是嗎……我在教室中沒看過你們講過話，原來是在這裡感情變好的啊。剛剛她感覺在生氣是因為我打擾到你們了吧？」

遠山不懂上原的話中之意。

既然遠山和高井之間的關係無人知曉，所以也不會有打擾這類的說法吧。難道說上原正在懷疑他們兩人之間的關係嗎？遠山這麼預想道。

「上原同學妳會不會想歪了？我和高井並沒有在交往喔。」

「是嗎……那就好……」

上原把手撫在胸口，臉上浮現鬆了一口氣的表情。

──到底是怎麼了？今天的上原同學怪怪的。

正當遠山這麼想著，放在櫃檯下方的手機響起訊息通知聲。

──我忘記調成靜音模式了！

「我現在把手機調成靜音模式，抱歉喔上原同學。」

這麼說完後遠山把手機拿出來確認畫面。

手機畫面上的通知標題顯示是高井傳來訊息，遠山慌張地確認內容。

看見訊息上寫著的內容，遠山藏不住驚訝。要說原因，那是會讓人浮現「為什麼是這個時間點傳過來？」這種疑問的內容。

『今天我們來做愛吧。你離開學校後來我家。』

平常高井不曾以訊息傳過『來做愛吧』這種如此直白的內容，即使是遠山也忍不住驚慌失措了。

「抱、抱歉，圖書室差不多要關門了，書的事情下次再聊吧。」

正因為是這種內容，和上原說話會感到尷尬的遠山中斷了談話。

「發生什麼事了？你看完手機就非常吃驚的樣子。」

大概是因為當著上原的面，看到邀請做愛的訊息，他內心的動搖忍不住表現在臉上了。

「沒、沒什麼事。」

高井是故意選在這個時間點，傳來「做愛」這種直白的內容，遠山非常確定。

上原也好，高井也罷，今天兩人的行為都讓遠山不明就裡，不知如何是好。

「你好像很忙，我也不好打擾，下次再來找你吧。」

這麼說完後上原離開了圖書室。

——總之今天會跟高井兩人獨處，等等再問她這個訊息的事吧。
遠山目送著上原走出圖書室的背影，將視線落到高井傳來的訊息上。

結束圖書委員工作的遠山，從學校直接來到高井家。
他站在玄關前伸手即將按下對講機之際，這時門裡側的電燈突然打開，有人影映在磨砂玻璃上。
當喀嚓一聲的開鎖聲響起時，遠山從門前往後退了一步。本以為是高井出來應門，但從打開的門後露臉的人卻與遠山預想的不同。
「哎呀，你是柚實的朋友嗎？」
外表看起來約三十五六歲，整張臉畫著完美妝容，穿搭時尚外出服裝的美女，散發著香水味從門後現身。
「啊、呃……請問高井同學在家嗎？我是她的同班同學遠山。」
「哎呀～你是柚實的男朋友嗎？還真不能小看那孩子呢。」
被稱作男朋友，遠山不知道該承認還是否認。
「我現在去叫她，你等等喔。」
但是那位女性沒有多問他與高井的關係，就回到了家裡面。
聽說她姊姊是大學生，所以應該是高井的媽媽吧。川將入夜的時間點，有男人來拜訪自己的女兒，她對此沒有表現出特別驚訝的樣子。
沒過多久那位應該是母親的女性回到了玄關。
「你說你是遠山同學吧？柚實馬上就會下來，你進來客廳等她吧。」
「啊，好。我知道了。」
「那我出門了，柚實就麻煩你啦。啊，記得要好好避孕喔。」
——噗！
遠山來這裡的目的似乎被發現了，不過她應該不會想到是炮友關係吧。
做出爆炸性發言的這位應該是母親的女性，把遠山留在玄關，迅速地離開了。
就算是這樣……初次見面的陌生男人來和自己的女兒做愛，能夠接受這一點的家長到底是怎麼回事？是開明的家長呢？或者相反地是對孩子不聞不問呢？遠山難以判斷。
「算了，反正她說可以進去，那就打擾了。」
遠山到她家就像走自家廚房般，十分清楚房屋格局，他毫不猶豫地往客廳走去。
進了客廳，穿著家居服的高井正坐在沙發上。
「喂，我沒聽妳說妳媽在啊。」
「那也沒辦法，我也沒想到她會在。那個人的行動我不清楚。」
「而且她把我當成妳的男朋友了喔，還對我說要好好避孕。」

「那個人覺得只要不懷孕，不管我做什麼都行。」

高井從剛才就一直把自己的母親叫做「那個人」，正說明了她的家務事很複雜。

「別管那個了，到我的房間吧。」

高井從沙發起身，與遠山手挽手，把胸部壓了上來。尺寸略小，卻依然能感覺到胸部的柔軟觸感。

她平常不會做這種像是在引誘人的舉止，今天的高井很主動。他就這樣被挽著手，半強硬地被帶到高井的房間。

一到達高井的房間，遠山就被推倒在床上，她撲了上來。

「妳、妳怎麼了？今天妳有點奇怪喔。」

高井沒有回答問題，沉默地親吻遠山。那是和平常迥異的熱情親吻。遠山有好一會兒都與高井交換炙熱的親吻。

高井比平常更加激烈且主動地尋求慰藉，結束後兩人累得癱倒在床上。

「我說啊，今天妳到底是怎麼了？從早上就怪怪的。難道是和上原同學有關嗎？」

遠山向高井詢問感到在意的事情。

「和上原同學沒關係，而且我和平常沒有不同。」

他感覺就是在上原來找遠山搭話之後，高井的態度才變得奇怪的。

「難道……妳是在吃醋……之類的？」

最可能的理由只有這個。雖然他們不是情人，卻有肌膚之親，說不定她內心是有那麼一點意思的。

「……我們只有肉體關係。沒有那種——感情成分在。」

高井雖然否認，但有一瞬間聽起來她不知該怎麼回答。

「是嗎……說得也是呢。是我搞錯了。」

在那之後，高井一句話也沒說，就這麼睡著了。但是她的手一直握著遠山的手。

◇

嗶嗶嗶！嗶嗶嗶！嗶嗶嗶！

從棉被中蠕動著伸出手來，遠山揉著惺忪睡眼關掉了響著的手機鬧鈴。

「呼啊……好睏……慘了，再不起床就要遲到了。」

昨天高井比平常更加激烈的尋求，他們做了多達三次，遠山的身體稍微肌肉痠痛並帶著倦怠感。

想起昨天的情事，遠山的血液往下半身集中，又變得生龍活虎。

「洩掉後再去學校吧……」

遠山並不是性慾滿滿的狀態，但看這情形不洩個一發是不能收場的。
遠山意淫著昨晚高井淫亂的姿態，開始自力發電，把睡衣與內褲都脫掉了。

「哥哥！不快點起床會遲到喔！」
房間的門被猛然打開，遠山慌張地拿毛毯蓋住下半身。
——糟糕！被看到了？
——不會，沒問題的……我火速用毛毯蓋住下半身了，只剩下脫掉內褲這個問題而已。
突然闖入的人是遠山的妹妹菜希。
「喂，你有在聽嗎？再不快一點就沒時間嘍。」
「菜、菜希，我記得我之前跟妳說過進房間之前要先敲門。」
雖然遠山沒有鎖門也有錯，但就算是家人之間也該保有隱私。
「啊哈哈，抱歉。不過你幹嘛那麼緊張啦？難道說你在做什麼見不得人的事嗎？哥哥你也到那種年紀了嗎，嘻嘻。」
菜希那種說法雖然讓遠山有點不爽，不過正如她所說，要是亂找藉口就會像間接承認了一樣，於是他不反駁決定保持沉默。
「我已經起床了，菜希妳可以出去了喔。」
「不行吧？不盯著哥哥，你說不定會睡回籠覺。」

不管菜希再怎麼可愛，遠山也不是看著家人的臉還能勃起的變態。現在他的下半身已經完全委靡不振了，但還是裸露著，不能在菜希面前從棉被出來。

「不，不會的。」

「那你現在就從棉被出來。」

不知為何菜希就是頑固地不離開房間。

「不要……妳離開我房間，拜託……」

再這樣下去真的要遲到了。

就算被發現也沒辦法了，遠山試著懇求她。

「咦？那、那個……我只是開玩笑的，你真的在做見不得人的事……？對、對不起！」

滿臉通紅的菜希慌張地離開了房間。

「呼……總算走了嗎。」

雖然菜希好像察覺了情況，但總比被她看見裸露的下半身還要好多了。不管怎麼說，菜希就算察覺也只是她的猜測而已。要以無罪推定為原則。

「糟糕，真的要遲到了。」

遠山慌張地從棉被中出來，準備上學，迅速地吃完早餐，洗完臉就走向玄關。

「哥哥等我啦，我也一起走。」

菜希是遠山就讀高中的初中部三年級生，初中和高中在同一塊校區內，所以上學的路線相同。

「菜希，都是妳阻礙我起床才會遲到的，動作快！」

遠山把慢吞吞的菜希放著不管，快速地走出了玄關。

「討厭～哥哥好過分喔，竟然把這麼可愛的妹妹放著不管，還走得那麼快。」

從後頭追上來的菜希在追趕上的同時，有柔軟的物體碰到了遠山的左臂。那是菜希勾住了他的手臂。柔軟物體的真面目是以初中生來說算發育良好的胸部觸感。

應該比高井還大吧？養得很好呢……遠山心懷宛如父親的感想，同時努力讓自己不要去意識到它。

「我說菜希，妳差不多該離我遠一點嘍，要是被同學看到會被誤會的。」

遠山他們住在學校的附近，不需坐電車，走路就能到校。

周圍開始可以見到零星的其他學生的身影。

「我就算被看到也不在意的喔。」

「不對，這種事妳應該要在意才對。兄妹還手挽手很奇怪。」

「是這樣嗎？」

「其他學生也變多了，妳放開我的手啦。」

這麼說完，遠山強行將菜希勾著的手臂拉開。

「哥哥這個冤家～」

「妳是從哪裡學到那種詞語的啊。」
不是初中生會用的詞語，高中生也不會用吧。遠山博覽群書，知識相當豐富。

「咦？遠山？」
在差不多快接近校門的地方，遠山的背後傳來應該是女生的呼喚聲。
——一大早怎麼會有女生向我搭話呢？
遠山轉頭一看，映入視野的是面熟且打扮華麗的女同學。
——對了……這麼說起來從昨天開始就有個女生常找我說話呢。
「上原同學，早安。」
「早安遠山……話說……那個可愛的女孩是誰啊？難道說是你的女朋友……之類的？」
上原看向站在遠山旁邊的菜希，露出不安的表情。
「嗯？啊，這是我妹啦。她在初中部就讀。」
「這、這樣啊，太好了……我叫上原，是你哥哥的同班同學。」
上原貌似鬆了一口氣，向菜希打了招呼。
「哥哥……難道她是你的女朋友嗎？」
菜希用帶著敵意的眼神看向上原。
「不是不是，她只是同學而已。」

「是嗎……那就好。我是他的妹妹菜希。上原學姊，哥哥平日受妳照顧了。」

說完後，菜希低頭行禮。

「哇，你妹妹很有禮貌耶，而且非常可愛。請菜希多多指教喔。」

「好的，也請妳多多指教。話說回來……上原學姊，妳的胸部好大喔，請妳不要藉此來誘惑我哥喔。」

要是從男生的嘴裡說出來就成了性騷擾的話語，菜希若無其事地對上原說出口。

「妳、妳在說什麼啦？上原同學抱歉，我的妹妹有點與眾不同。」

「沒、我沒放在心上，沒關係……啊哈哈。」

口裡說著沒關係，但上原的表情有些僵硬。

菜希照這樣繼續和上原聊下去的話，不知道她還會說出其他什麼話來。

「好了，妳快去上課吧。」

穿過校門之後，初中部是不同方向。

遠山擔心菜希會不會再說出奇怪的話，宛如逃走般地和上原一同前往教室。

「我妹的事，真的很抱歉。」

走向教室的路上，遠山再次向上原道歉。

都怪菜希說了奇怪的話，今天早上燃燒不完全的遠山，難以自制地注意著上原壓倒性的胸部。

「啊哈哈，你妹妹很有趣耶。我沒想到她會突然說起胸部的事。」

這麼說著，上原像是要強調般地用兩手環抱住自己的胸部。遠山努力讓自己保持冷靜，不要去注意它。

「我先去趟廁所，教室見吧。」

莫名地感覺內疚的遠山，沒和上原一起走到教室，在廁所前向她告別。

「嗯，那就教室見啦。」

——呼……今天從一大早就莫名地累呢。

昨天和高井的激烈行為也有影響，用掉了不少體力，早上到現在菜希也害得他用掉不少精神，遠山很想蹺掉學校的課好好休息。

拜菜希早上就開始的異常行為所賜，一進到教室遠山就趴在了桌上。

「佑希早安。你怎麼一大早就好像很累啊，還好嗎？」

坐在遠山座位前面的可愛男同學回過頭來，擔心地和他搭話。

「嗯，千尋……早安。早上發生了一些事。」

看著千尋的臉就被治癒了。從他無邪的笑臉中，可以看出是真心地在為遠山擔心。

「你看起來有點憔悴，真的沒事嗎？不可以逞強喔。」

之所以看起來憔悴，單純只是因為遠山睡眠不足。

「啊……我有點睡眠不足，讓我睡到班會開始之前吧。」

「嗯，我知道了。老師來了我就叫你起來。」

「拜託你了。話說……千尋如果是我的女朋友就好了。」

「你、你在說什麼啦？我可是男的耶。」

「可是……看著千尋時，我覺得就算是男的也沒關係了。」

千尋的女子力真的不是蓋的。外貌不用多說，他的溫柔超乎性別，讓遠山都要愛上他了。

「給我等等，你們兩個男生一大早就在那邊卿卿我我的幹嘛啦。」

和昨天一樣，今天早上當遠山兩人在對話時，上原也插了進來。

雖然倉島還沒到教室，但要是被他看見會很麻煩吧，遠山這樣想著，看了看周圍。

「上原同學，您早啊！」

千尋對待上原，簡直就像是對待學姊一樣，禮貌地向她打招呼。

「沖田同學，早安。我們是同學，你不用那麼拘謹地打招呼。」

「好，上原同學早啊！這樣可以嗎？」

「等等，沖田同學……你也太可愛了吧！讓我怦然心動。你真的是男孩子嗎？」

「這麼說起來，千尋之前遇到我妹時，也被說過類似的話呢。」

千尋到遠山家裡玩過幾次，所以認識菜希。

「沖田同學也見過遠山的妹妹嗎？」

「上原同學妳那種說法，好像是妳也見過她了嗎？」

「我是今天早上第一次見到她，她突然就對我說『妳的胸部好大喔』。」

上原回想起今天早上的事，開心地笑了。菜希多嘴說的那句話，似乎沒有讓她感到不快，真是幸好。

「佑希，你妹都沒變呢……」

千尋也忍不住苦笑。

「一想到千尋你第一次遇到我妹時的情景，我就想笑。」

「佑希，你不要再回想那種事啦。超羞恥的耶……真是的。」

千尋鼓起臉頰鬧彆扭。

「咦、怎麼回事？你妹對沖田同學說了什麼嗎？」

上原饒富興趣地往前傾身，她壓倒性的胸部在遠山的眼前展現存在感。

——太、太近了。

遠山邊回想著菜希的言行舉止，一邊屏除雜念，將視線從上原的胸部移開。

『你真的是男生嗎？有雞雞嗎？』

「她這麼說。」

——噗！

上原忍不住噴笑。

「上、上原同學，這一點也不好笑。」

「抱、抱歉……這有點……哈哈哈！……你妹妹果然很有趣呢……咕噗！」

這似乎戳到了上原的笑點，她忍笑的樣子讓人覺得很有趣。當時遠山也忍不住噴笑了。

「真是的……那真的很羞恥。」

——嗯？

複數道視線集中到遠山他們身上。大概是與受到男生歡迎的上原相談甚歡的關係吧。其中也包含不知不覺間已來到教室的倉島的視線。

高井呢……用眼神尋找她的身影，她今天對自己這邊是毫無興趣的樣子。

——不過……還是太引人注目了呢。

對平常就受到眾人注目的上原他們這種社交圈頂層的菁英來說，應該是沒什麼大不了的。不過，對不習慣被那種眼神盯著看的遠山來說，被混雜著嫉妒與偏見等各種感情的眼神盯著看，讓他感到有點不快。

「老師差不多要來了，上原同學妳最好也回到座位上了。」

為了不再招致更多來自同學的仇恨，遠山打住了談話。

「啊……我還想多聽一點的說。那我午休再來找你們玩。」

他不討厭上原，但要是會這麼引人注目的話，他寧願積極地避免與她來往。遠山沒有將這些說出口，但打從心底這麼認為。

「今天的午休我有圖書委員的工作要做，不在教室喔。」

「啊，這樣嗎？那我午休到圖書室玩吧。」

上原似乎打算跟到圖書室來。遠山原本以為午休他要擔任圖書委員不在教室她就會放棄，卻得到意料之外的回答。

「上原同學，圖書室不是來玩的地方。」

遠山試著說出符合圖書委員形象的話。

「你不是說過要推薦書給我的嗎？遠山你也說過這樣就不是私下聊天了。」

——上原同學，那種事妳記得還真清楚呢。

「不過午休很短，還書會比較多，我覺得我應該沒有時間招呼妳喔。」

實際上由於午休較短，不能慢慢地選書，來借書的同學會比較少。

「咦，是這樣啊？那就沒辦法了……我怕打擾到你那還是算了。」

總之今天中午似乎逃過一劫了，遠山鬆了一口氣。

「嗯，抱歉喔。如果是放學後的業務時間來的話，我就能告訴妳。」

「啊，那這樣吧，今天放學後要不要一起走？到咖啡廳邊喝茶邊聊吧。」

上原提出了預料之外的提議，讓遠山有些不知所措。拒絕她的話，由她的個性來看，可以預想她應該會說那下次再約吧。

遠山並不討厭上原。他只是討厭與她來往必定會受到注目這件事，他只想要不起糾紛地安靜度日。

正當他這樣煩惱著的時候，千尋進到了他的視野。

「那……既然上原同學都那樣說了，千尋你也一起走吧？」

這時候就要避免兩人獨處，遠山試著朝千尋轉移話題。邀請現在也在場的他，上原也沒話說吧。

「佑希，抱歉。我今天有事必須早點回家，沒辦法奉陪。」

為什麼偏偏是今天？失去退路的遠山，除了接受提議之外沒有其他選擇了。

不過換個思考方式，只要上原覺得和遠山在一起時不好玩，之後就不會再來找自己搭話了吧。

雖然不是打算積極地惹上原討厭，但只要她認知到自己不是有趣的人，之後就不會再來找遠山，會回到原本的社交圈中繼續過快樂的日子了吧。

思考著這種消極想法的遠山，就是徹頭徹尾的邊緣人。

「是嗎，千尋你不能來真可惜……上原同學今天我們一起回去吧？」

「真的嗎？太好了！那我期待放學後嘍。」

上原臉上浮現不是演戲而是真實的開心笑容，然後回到了自己的座位上。

「唉……終於走了嗎……結果我沒辦法補眠了。」

就這樣，遠山肯定得在上課中打瞌睡了。

「上原同學很期待呢，佑希你也開心點。」

千尋沒有往奇怪的地方想，似乎是打從心底希望他可以開心點。遠山深深地覺得他是自己的朋友真是太好了。

老實說，正由於千尋願意把遠山當成朋友來對待，他在班上才不至於顯得那麼不合群。所以為了不讓自己在班上顯得怪異，放學後他就不要不自然地閃躲上原，正常地與她接觸吧。不這樣做的話，對邀約自己的上原也很不禮貌，遠山在心中如此決定。

圖書委員在午休與放學後要輪值圖書室的業務。今天午休的業務是由遠山負責。午休只有五十分鐘，而實際上的工作時間大約是三十分鐘。遠山急忙吃完午餐，走向圖書室。

「千尋，我去圖書室。」

「嗯，慢走。」

遠山知道得不算詳細，但規模較大的學校會有老師擔任圖書教師，以學校圖書館的營運為主要工作，當學生上課時，圖書教師會在圖書室處理業務。

「宮本老師，辛苦您了。我現在開始工作。」

「遠山同學，辛苦了。我去休息的期間櫃檯就請你看顧了。歸還的書等我回來我再歸架就好。」

「好，我知道了。」

這麼說完後，離開了圖書室的女性是圖書教師宮本沙也。

留著一頭黑色長髮，戴著眼鏡的她是個知性美女，不只是男學生，她在同事的男老師之間似乎也很受歡迎。拜此所賜，宮本老師在圖書室的櫃檯當班時，以她為目標來借書與還書的男學生會蜂擁而至。

當如此受歡迎的老師休息不在時，圖書室只剩下寥寥無幾的學生在看書。

午休接近結束，安靜無聲的圖書室中，喀啦一聲響起了粗魯開門的聲響，遠山看見開門進來的不速之客就嘆了一口氣。

「喂，遠山！這到底是怎麼回事？」

一進到圖書室倉島就邊大喊邊逼近過來。原本正在讀書的女同學被嚇得發抖。他到底知不知道這裡是什麼地方？

「倉島，你這樣會造成困擾，在圖書室請保持安靜。」

「誰管你，我問你這到底是怎麼回事！」

「倉島，你沒聽到我請你保持安靜了嗎？你看看四周吧。」

大聲怒吼的倉島，被還在圖書室中的同學們投以白眼。

「嘖！」

倉島大聲地咂嘴後，離開了圖書室。

倉島真的很自我中心。長相帥氣，稍微受到眾人歡迎，被人吹捧之後似乎就得意忘形了。

「很抱歉吵到各位了。」

──為什麼是我要道歉啊？

真是個麻煩的傢伙，遠山凝視著倉島離去的圖書室門扉，又嘆了口氣。

「遠山同學辛苦你了。剩下的由我接手，你可以回教室了。」

「好，我知道了。剩下的麻煩您了。」

宮本老師休息結束回來，遠山就能去休息。

之後是下午的課程，但由於倉島一事，遠山打從心底覺得今天已經想要回家了。

「遠山同學，這麼說起來倉島同學他站在圖書室外面是在等你會合嗎？」

──倉島那傢伙，還以為他老實地滾蛋了，竟然還埋伏在外面嗎……真的很麻煩哪。

「不是，他不是在等我會合……」

「是嗎……感覺他好像在生氣，你們沒事吧？」

「是的，我們只是因為一些無聊小事在吵架而已，沒事的。」

倉島知道上原放學後會和遠山一起走，是因為這件事不爽吧。

由於一些無聊小事就被糾纏，遠山覺得很煩躁。

「要是發生什麼事，要立刻跟老師說喔。」

為了女同學爭風吃醋而吵架，這種事太過羞恥當然不可能找老師談，遠山感到非常困擾。

「好，謝謝老師。」

遠山以沉重的腳步走向圖書室的門口，他開門打探情況，戰戰兢兢地走到外頭。

——咦？倉島那傢伙不在……他等得太久就放棄了？

這樣想著，遠山在走廊上邁步走向教室，半途卻被人從後面突然叫住。

「遠山我等你很久了，把事情講清楚吧。」

回頭一看，是他不想看到的倉島。他是躲在哪裡呢？

「你說的是什麼事？快要開始上課了，請你長話短說。」

距離上課只剩下五分鐘左右。

「你去拒絕麻里花，今天不要一起走。」

遠山早有預料到是為了這件事，不過突然命令人去回絕，倉島是把自己看得多偉大啦？

倉島傲慢的言行舉止讓遠山對他的人品抱持疑問。

「這是上原同學請倉島你來說的嗎？如果是這樣我也沒話說。如果不是這樣，那就是你多管閒事了。」

「麻里花什麼都沒說。反正一定是你強邀麻里花的吧？她太溫柔了才沒辦法拒絕你。像你這樣的邊緣人配不上與她來往啦。」

這是在說哪個世界的貴族故事啊？有點無法理解他的意思。

「你好像誤會了，是上原同學邀我的。」

「怎麼可能！你不要說謊！」

「是真是假你問問上原同學就知道了。」

倉島一個人喃喃自語說著這不可能……為什麼會邀這種傢伙……之類的話。

「你的事情說完了？快上課了我要回教室。」

再這樣下去會遲到的，不能和這傢伙再糾纏下去了，遠山強行結束談話。

「喂，你等等！我還沒說完啊！」

倉島似乎還在說些什麼，遠山無視他走向教室。

快步走進教室，一回到自己的座位，遠山便趴到桌子上嘆了口氣。

「佑希，你好像很累，還好嗎？圖書委員的工作那麼辛苦嗎？」

看到遠山筋疲力盡的樣子，千尋擔心地詢問。
「不是，圖書委員的工作沒那麼累，是其他事……」
都是那個笨蛋害的，本來他睡眠不足就已經很累了，真是個麻煩精。
「是嗎，雖然我不太懂，但還是辛苦你了。下午還要上課，你再加油一下。」
千尋微笑著給予鼓勵。
真想讓倉島喝用千尋的指甲垢泡的茶，遠山這樣想著，又覺得給那傢伙喝太浪費了。
「千尋……你人真的好好啊。你要真是我的女朋友，應該會很幸福。」
遠山受倉島之害而損失的精神力，在千尋這邊慢慢回復。
「就、就說過我是男生了……你講那麼多次我會害羞的。」
那樣害羞著的千尋在遠山眼裡簡直像天使一樣。雖然他是男的。
「那只是開玩笑啦。我小睡一下，老師來了叫我。」
受到千尋治癒的遠山，為求回復更多精神，決定補眠。
難道沒有醒來後發現自己是在房間床上的這種好事嗎？開始想要逃避現實的遠山，許下願望希望這一切只是一場夢之後，就在教室裡睡著了。
歷經昨晚與高井的情事、早上菜希的異常言行、中午倉島的添麻煩行為，從昨天到現在體力與精神力都被消耗且睡眠不足的情況下，遠山在課堂上頭點啊點地打瞌睡，好歹是撐過了下午的課程。

遠山接下來與上原約定好要一起走。

但這件事被倉島發現了，造成他中午來找碴。那傢伙的嫉妒心到底是多重啊？對上原同學那麼執著。

受到這件事影響，老實說遠山對和上原兩人一起走這件事並不來勁。而且她的粉絲不只限於班上，從低年級生到高年級生都有，人數相當多。要是被他們知道了，肯定又會演變成麻煩的事態。

和上原不小心有所牽扯之後，平穩的生活就開始受到威脅，遠山對此有危機意識。

遠山不討厭上原，反倒是有好感的。她外表華麗又可愛還是個美人，身材出類拔萃，性格和善，可以理解為何她會受到歡迎。

想和上原變得親近，和她交往，然後和她做愛，身為男性這是理所當然的願望。實際上在她的周遭，有很多男生就是以這種心態聚集而來的吧。而且，倉島肯定是其中的第一名。

但是以遠山來說，如果將和上原交好但是平穩生活受到威脅，以及不與上原來往但可以安穩度日這兩件事放上天秤的話，他會毫不猶豫地選擇後者吧。這是因為遠山對他與高井之間的關係感到很滿足。

遠山和高井之間不會說喜歡啊、愛啊之類的甜言蜜語，但與她交纏的時候，遠山覺得非常充實。

雖然遠山只有和高井的經驗，但兩人的身體配合度應該算非常好吧。
也多虧這個理由，遠山特別想與上原變得親近的理由就很薄弱了。
他甚至認為他只想要千尋這種可以說真心話的朋友。
和上原說不定可以變成關係好的朋友，不過校園社交圈這堵牆會成為阻礙，倉島和遠山水火不能相容，這就是現實。
遠山──
「遠山，你在聽嗎？」
被人從後方戳了戳肩膀，陷入沉思的遠山回過神來。
──上原同學？
「啊，抱歉。我稍微發呆了一下。」
上原似乎叫了遠山好幾次，但他坐在自己的座位上完全沒反應。多半是睡著了吧。
「遠山你都沒有反應，我還以為你睡著了。」
「我稍微想了一下上原同學的事，應該是半夢半醒著吧。」
「咦？我的事……呃，是什麼樣的……」
上原的表情有點吃驚，雙頰略微變紅，害羞地低下頭。
「呃、呃……我在想放學後要和上原同學去哪裡啦。當然不是想奇怪的事情。」
遠山擔心說不定會帶來奇怪的誤解，但他的確是在想著上原的事沒錯。

「啊，是這樣啊……那你有決定要去哪裡嗎？」

上原的臉上浮現有些遺憾的表情。

「有，上原同學妳希望我推薦書給妳，那就去書店吧。」

「嗯，那車站前有間大型書店對吧？咦……叫什麼名字來著？」

「啊，妳說的是反省堂吧。」

「對！反省堂！就去那裡吧？」

就這樣決定了去處，遠山快速地準備回家，從座位起身，他一邊看著周圍，一邊與上原兩人並肩走向教室門口。

遠山和上原的組合很少見，受到其他同學注目是可以理解的。外表華麗的上原與樸素的遠山，類型實在是天差地遠，所以是理所當然的。

——這麼說起來，沒看到倉島的身影呢……

遠山警戒著與上原一起回去前，他會再來鬧個一場，但似乎是杞人之憂了。

那麼高井呢——

她好像已經不在教室裡了。

高井放學後到圖書室讀書已經是每日例行事務了，她說不定早就去了圖書室。

正當遠山與上原兩人要走出教室，到達門口前的時候，另一個同學也要進來教室，所以遠山他們停住了腳步。

——高井？

熟悉的黑髮配上眼鏡，進到教室裡來的她瞥了一眼站在門口前的遠山與上原後，若無其事地從旁邊通過了。

與高井輪替般，遠山與上原離開了教室。

高井看見遠山與上原兩人一同離開的這幕，心裡在想著什麼呢？

不是情人而是炮友關係，所以不談感情。高井之前這麼說過。

所以遠山也決定不去在意。

與高井之間是互利關係……僅此而已，遠山對自己說道。

「這麼說起來，我和高井同學幾乎沒有說過話呢。她和遠山好像在圖書室稍微說過話，她是怎麼樣的人呢？」

上原不知為何對高井有興趣，似乎不是在懷疑遠山與高井之間的關係。

「我和她也只聊過書的話題，所以不太清楚。」

遠山對於高井的事，除了她家的情況複雜以外也知之甚少。她也沒打算說自己的事。

「這樣嗎……如果我變得更了解書的話，也可以和她聊天嗎？」

「上原同學妳會想和高井聊天嗎？」

「會啊，我們是同學，當然會想親近些不是嗎？不過高井同學平常都是一個人，我不知道該和她聊些什麼，就想著先從書的話題聊起來吧。」

果然上原是個對誰都不帶偏見的好人。

為什麼她會和倉島那種人處在一起呢，遠山難以理解。

「原來如此……所以妳才會來找我問書的事情啊。」

這樣一來，就能理解對讀書不感興趣的上原的行動理由了。

「不是，也不是那種原因……是遠山……那個……」

上原好像有什麼話難以啟齒，忸怩了起來。

「咦？我怎麼了？」

「什麼都沒有！笨蛋！」

——我做了什麼惹她生氣的事了嗎？

不懂女人心微妙變化的遠山，再次認知到就算自己有女性經驗，也還是沒有女朋友不受歡迎的邊緣人。

像這樣聊著天，從室內鞋換成學生皮鞋，兩人穿過了校門。這期間遠山也察覺到來自其他同學的視線，再次親身體會到上原受歡迎的程度。

即使受到矚目，上原也沒有特別在意的樣子，不管走到哪裡都不作掩飾，自然以對。

——原來如此……難怪她會受到歡迎。

有機會像這樣交談後，遠山第一次察覺到上原的魅力所在。

遠山與上原離開學校，走在距離車站約二十分鐘的路程上。

「那麼，上原同學妳喜歡什麼樣的書呢？」

遠山他們前往的反省堂是展售區多達五個樓層的大型書店，為了節省找書的時間，有時視情形必須先決定要去哪一類書區。

輕小說與文學作品等等，說到小說也還分成許多類別，他們應該沒有時間一一去逛每個書區。

「嗯……我平常不讀小說耶……大概要寫讀書心得作業時會讀一下吧？」

這樣的話，文風輕鬆的輕小說和角色小說會比較適合她，遠山將範圍縮小。

「以類型來說妳喜歡哪種？例如愛情啦、或是推理啦。」

「我應該還是比較喜歡愛情類的吧。我常去看愛情電影喔。還有冒險類型的科幻電影我也喜歡。驚悚的或怪誕的我不太喜歡。」

感覺上原的喜好感覺還挺一般向的。

要是上原有宅宅傾向的話，就可以推薦戀愛喜劇或大小姐類的故事給她。那一類的書區也可以去逛看看，遠山規劃著行程。

遠山是個會看動畫，也喜歡輕小說的宅宅。他並沒有打算向上原隱瞞這件事，要是她說不喜歡宅宅的話，兩人的關係剛好可以到此為止。既然興趣合不來，就不需要勉強來往。

一邊詢問上原的喜好一邊走著，讓他們忘記了時間的流逝，轉眼就到達車站前。

雖然遠山是走路上學，不用來這裡搭車，但從大型書店到家電量販店一應俱全的車站周圍相當繁榮。

從車站前走個幾分鐘就會到達目的地反省堂。

「哇啊，這間書店真的很大間呢。」

反省堂的建築映入眼簾，讓上原發出驚嘆聲。

雖然現今都說紙本書賣不好，但看看這間書店沒進駐百圓商店和咖啡店的櫃位，五層建築整棟都作書店使用，這不是相當厲害嗎。

以從學校走到反省堂這段路上問到的上原意見做為參考，兩人走到了輕小說書區。

「像上原同學這樣不太習慣讀書的人，輕小說應該會比較適合吧？」

遠山向上原導覽輕小說書區。

「嗚哇！封面這麼色情沒關係嗎？」

滿滿堆疊著色彩繽紛封面的書區展現在眼前，上原看到輕小說封面插圖後睜大了雙眼。

輕小說果然是提供給男性觀看的娛樂作品呢，遠山再次如此認知到。

「輕小說很多作品都是這種封面吧，其中又以被歸為異世界類別的占多數。而戀愛喜劇之類的通常都是穿著制服。」

「咦……不過插畫很可愛呢。應該說胸部超大！胸部這麼大的高中生不存在喔。輕小說的女主角全部都是巨乳嗎？」

——不對，上原同學，我覺得妳的胸部大小也不輸給她們。

遠山實在說不出口，他看著上原高高撐起制服的胸部，輕輕地點了點頭。

「嗯，應該說現實尺寸的巨乳在輕小說領域中是常見尺寸嗎？這個人小算是普通尺寸喔。」

遠山用手指向滿滿堆疊著的輕小說封面上畫的女性插圖。

「咦咦？這算巨乳了吧。這要算普通大小的話，現實中的女孩子幾乎都是貧乳了。」

「反正是創作作品嘛，我想是以符合購買輕小說客層喜好為基準吧。」

輕小說的目標客層從初中生、高中生到社會人士，範圍寬廣，而且主要是男性。

「嗯……原來男生都喜歡大胸部嗎？遠山你也喜歡大胸部嗎？」

上原抬眼看著遠山，向遠山丟出了很難回答的問題。

「不是，嗯……我不討厭大胸部，但我也喜歡小一點的喔。」

要說遠山唯一了解的胸部就是高井的，但老實說她的胸部並不是那麼大。

不過卻很柔軟，觸感很好。想要揉捏時還是足以揉捏。所以遠山覺得不用特別大也沒關係。

「唔嗯唔嗯，遠山喜歡小胸部……」

上原低頭，直盯著自己的胸部。

看來上原似乎誤會了遠山喜歡小胸部。

「這麼說起來，上原同學妳對這類插圖感覺還好嗎？有的人會覺得討厭。」

從現在的對話走向看起來，她很正常地可以直視封面，和遠山聊這話題似乎也沒問題。

「我是沒差啦，應該說還算喜歡吧。我還會看漫畫呢。」

「幸好上原同學妳不討厭萌系插圖，這樣就能推薦妳很多書了。」

「我不會和其他同學聊這種話題。其他男生老是直盯著我的胸部，用很飢渴下流的眼神看我，好討厭。不過遠山你和我說話時不會出現那種眼神，讓我很安心。」

確實明明是在聊著巨乳、貧乳或是胸部之類的話題，但上原和遠山卻可以正常地對話。

一般初中生或高中生的青春期男女，聊到這種話題都會感到羞恥而避開。

「昨天我說過遠山你很成熟，你還記得嗎？」

這麼說起來，印象中是有聽她說過，遠山回想至今與上原對話的記憶。

「依稀有印象。」

「在班上我周圍的男生都很幼稚，下流想法也完全暴露出來，所以其實我不想和他們有太多牽扯，但那個小團體的女生和我交情不錯，所以怎麼也沒辦法離開。」

既然是以倉島為首的小團體，遠山大概能夠想像是怎麼樣的感覺。

遠山之所以能夠看起來游刃有餘，還是該歸功於高井的存在。因為能夠定期地宣洩性慾，所以沒必要那麼努力地向女生表現自己。

「小團體的中心是倉島就有點那個了。社交圈真的很麻煩呢。」

要是從社交圈這種關係良好的小團體中脫離，很可能會變成孤單一人，或是被欺負。如果想安穩度過校園生活，只能進入某個小團體之中。

「不過，那不是無可奈何的事嗎？小團體就是這樣。只要能夠順利交際就行了。」

「真羨慕遠山你耶。不用被這點束縛，自由自在的。」

「作為代價，我只有千尋一個朋友喔。結果還是得取捨吧。」

「取捨是指？」

「我不受小團體束縛，雖然自由，卻因為沒有朋友，在校外教學或活動時會孤單一人。但是上原同學妳的朋友很多，就算有活動妳也不用擔心會落單，可以快樂享受，但同時也受到小團體的束縛不能自由自在，是這種感覺吧？」

「遠山你……真的很像成熟的大人耶。我覺得你這一點很好。」

說他像大人是也沒錯啦。不過無法適應像是社會縮圖的學校生活，以身為人而言是失格的吧，遠山這麼想著。

「我還不是大人喔。只是逃避麻煩的事情而已。我想如果是大人的話，就會有協調性，能順利地跟班上同學往來應對。所以比起我，上原同學更像個大人喔。」

「是那樣嗎？我不太清楚。」

「我比較有機會讀書所以知識相對豐富，但其實不過是個囂張的高中生而已。」

「呵呵，你確實是個很愛說教而且有點囂張的男生沒錯。」

上原開心地微笑。

「這點妳倒是可以幫我否認吧？」

「你看，我是個老實人，沒辦法說謊的。」

「妳的確是個老實人，我無法否認。上原同學是個表裡如一的人。」

「也只有在遠山面前是這樣。在那個小團體中我得多費點心思，做好表面工夫。」

在遠山面前的似乎是表裡如一，真實面貌的上原。

上原好像也吃過很多苦頭。即使如此還是不能脫離，這就是社交圈這種村莊社會吧。

「原本應該是在解說書本，卻大大地離題了，上原同學想看什麼書？」

就像上原說的一樣，遠山有點愛說教。

遠山自己也因為對同學大放厥詞而感到有些羞恥。

「我想看能夠像遠山一樣變成大人的書！」

「那妳看些學校圖書室的書，就能像我一樣增加表面上的知識喔。」

「會變得像遠山一樣孤零零的嗎，那我可能不想要哦。」

「我不否認我是孤零零的，但我不是讀書之後才變成這樣的好嗎？孤零零是自帶的天性。」

「你那是自虐笑話嗎，我好難判斷耶。」

這麼說完，上原小聲地笑了。

那副笑臉只要是男性不管誰都會看得入迷。這就是在教室裡看不到的，只有在遠山面前才會表露的真實表情嗎。

遠山他們最後什麼也沒買就離開了反省堂。因為上原說想多聊一些，他們移動到咖啡廳，熱絡地聊些日常瑣事，結束了這天。

選書這個一開始的目標，藉由遠山挑選學校圖書室的書讓上原借閱而獲得解決。雖然沒有收藏過於激烈的內容與封面的作品，學校圖書室中還是有購置一些輕小說的。

得知這一點時上原的表情非常驚訝，遠山光是回想起來臉上就會浮現微笑。

◇

上原與遠山兩人去過反省堂之後，每當遠山輪值圖書委員的工作時，她常常會到圖書室露臉。

「遠山！我來還書了。」

上原歸還的書是會讓人覺得原來學校圖書室裡還有這種書啊？這麼想也不奇怪的愛情喜劇輕小說。現在上原已經完全沉浸於讀書之中，以相當快速的步調來借閱書籍。

遠山最初是挑選純愛系輕小說給上原閱讀，她感覺很有趣評價不錯。在那之後他試著推薦她戀愛系愛情喜劇，她也出乎意料地讀得下去。

「像愛情喜劇女主角的女生一般是不存在的。男生對女生的幻想也太誇張了。」

像這樣留下宛如將現實硬塞給作夢的男生般的評語，接著離開圖書室的情況也經常發生。

上原正一步一步地走上宅宅的道路。

而高井不管遠山在或不在，都已經是圖書室的居民了，可以說她放學後一定會在。那樣的她最近常常被上原搭話。

「高井同學妳看，這本小說很有趣喔。妳有讀過嗎？」

上原遞出純愛系輕小說，高井斜眼看著那本書，遠山以欣慰的心情看著這樣的兩人。

「我不看那種書。上原同學圖書室嚴禁私下聊天喔。妳會打擾到我讀書，別再找我講話了。」

兩人的交流就像這種感覺，稍作一句兩句的交談之後，由高井單方面終止話題的模式。

而且高井不看青春系的戀愛小說。她喜歡充滿愛恨情仇的成人故事，但上原還不清楚她的喜好。

上原對高井的冷淡回應毫不退縮，每次見面都會試圖打聽她對書的喜好。

「唉……今天我也沒問出高井同學的喜好。高井同學她在圖書室讀的書太難了，我沒辦法讀。」

高井在圖書室讀的大多是純文學或哲學類的書，對剛開始讀書的上原來說門檻說不定太高了。

「遠山，高井同學其他還喜歡讀些什麼書呢？告訴我吧。」

「那妳先把高井現在正在讀的書名告訴我吧？」

「那本對我來說太難了，我讀不懂啊！我是說更普通一點的小說啦。」

「想和高井打好關係的話，妳得直接去問她本人。」

遠山當然清楚高井的讀書喜好，不過他認為如果不是上原從當事人口中問出來的話就沒有意義了，所以沒有告訴她。

「真是的……遠山這個小氣鬼！」

遠山希望高井能夠向上原打開心扉與她關係變好。他感覺到高井在複雜的家庭環境中失去的內心某種缺漏，靠著與遠山的關係獲得填補。

但這不過是暫時的。填補上的洞很快就會再次打開。遠山只是一名高中生，能為高井做的事是有限的，他只能在她向他尋求慰藉的時候做出回應。

高井不打算對遠山說出自己的真心，大概是因為高井沒有在遠山身上尋求這種功能吧。

但是遠山認為，如果有像上原這種不帶偏見地待人接物的同性友人，應該就會有所不同吧。至少有個願意傾聽的對象的話……說不定就能解決掉某些癥結，不再需要遠山了。

遠山覺得那樣也很好，因為那才是正常的。

◇

在遠山負責圖書業務的午休，圖書室中除了高井之外沒有其他同學，只有兩人獨處。

「我要借這本書。」

將高井拿來的書處理完借閱手續後，遠山將書本遞給她。

「歸還期限是兩週後。」

高井沒有拿書，她抓住遠山的手腕往自己的方向拉。遠山身體前傾，臉貼近到能與高井接吻時，聞到了她身上淡淡的香味。

然後高井形狀姣好的嘴唇靠近遠山的耳邊輕聲說道：

「佑希。」

「什、什麼事？」

「那女孩為什麼要接近我？」

「妳說上原同學？」

上原本人似乎想和高井增進友情，對高井說應該也無妨吧，如此判斷的遠山說出了上原曾說過的話。

「她說想和高井妳增進友情。」
「為什麼？」
「我也不知道啊。不過她之前說過難得能和妳當同班同學。」
「嗯……是個奇怪的女孩呢。」
「是嗎？她是個不帶偏見的好人喔。」
「——佑希你喜歡她？」
「咦？我對她沒有那種感情……」
「是哦。」
「怎麼了？妳怎麼會問我這些。」
「沒事。」
「高井妳也稍微對上原溫柔一點如何？」
但是她沒有回答遠山的這句話。
高井對上原是怎麼想的，遠山不是很清楚，但可以確定她在意上原。這兩個人好交情地聊天的那一天說不定不遠了。

自從上原開始出入圖書室後不久，午休在教室時她也會來找遠山和千尋聊天。

「妳最近午休也常過來這邊，放著對面圈子的那些人不管真的沒問題嗎？」

「沒關係的。和人他最近特別煩人。他明明不是我男朋友，還想要管我管很多。」

確實每次上原過來遠山他們的座位這邊玩時，倉島都會專程過來把她帶回去。但是這幾天倉島只是待在遠處看著，什麼都沒做。他是放棄了嗎？

「之前遠山說過取捨的事，讓我也想選擇變得自由。」

「取捨是指？」

從旁聽著兩人對話的千尋，雖然知道這個詞的意思，但不知道兩人說的是什麼話題。

「簡單地說就是上原同學雖然有很多同伴，卻被社交圈束縛著。而我雖然很自由，朋友卻很少。」

我向千尋扼要地說明事情概況。

「是呢……我大概明白你想表達的意思。就是選擇了一方，就必須犧牲另一方的那種概念。」

千尋的頭腦很好，只要像現在這樣簡單地說明，他大概就能明白意思。

「但是上原同學妳這樣沒問題嗎？倉島同學他好幾次過來想把妳帶回去，照這樣下去妳說不定會被他討厭哦？」

千尋和遠山不一樣，本性良善，不會說任何人的壞話，即使對象是倉島也一樣。

「就算被討厭也無所謂啦。倒不如說他盡量討厭我。」

「看來倉島同學被上原同學討厭得很澈底呢。」

不過，原本那般執著於上原，倉島竟然沒有採取任何行動，還真令人感到害怕。

遠山看向另一個自由的人──高井。她依然對遠山他們毫不關心，毫無改變，今天也是獨自一人。

◇

來到學校的遠山為了換上室內鞋而打開了鞋櫃。一打開他就發現鞋櫃裡頭有張像是白色紙條的東西。

「什麼啊？」

拿出來之後，紙條上用潦草的字跡這麼寫著：

『邊緣人可別得意忘形了。』

帶有惡意的一句話。

——終於開始了。

遠山從以前就害怕的事發生了。

班上人緣極好的女生上原和遠山關係變好，毫無疑問就是原因所在。

——只是沒想到竟然會是用手寫的……明明只要確認筆跡就能指認出是誰寫的，犯人還真夠蠢的。

由此可以看出手寫的騷擾紙條是出於感情用事，不計後果發起的行動。

雖然不知道這件事是個人還是集團所為，但總有一天會知道吧。儘管遭到騷擾，遠山還是冷靜地分析著。

遠山對這種程度的騷擾沒什麼感覺，但他不想讓上原知道。以上原的性格來說，說不定會認為這是她害的，覺得是自己的責任。

遠山最害怕的是自己以外的人成為被騷擾的目標。

雖然擔心與自己最親近的千尋，但他和遠山不一樣，待人友善，與其他同學都相處融洽。所以他應該沒事……遠山希望如此。

那一天，遠山一直警戒著，不過什麼事也沒發生平安地過完了一整天。

◇

遠山的鞋櫃被放入寫有誹謗他內容的紙條隔天，來到學校的遠山謹慎地開啟鞋櫃。裡頭只有室內鞋，此外什麼都沒有。保險起見他還檢查了室內鞋，也沒有被人惡作劇的跡象。

遠山鬆了一口氣，走向教室。

進入教室的遠山確認坐在前座的千尋還沒來，他把書包放在桌上，坐到了椅子上。

遠山打開書包，拿出第一節課要用的教科書。當他想要把教科書放進桌子抽屜時，裡面似乎塞著什麼東西，教科書放不進去。

往抽屜裡一看，裡面被塞滿了垃圾。拿出來是一些點心袋和紙屑之類的垃圾，應該是拿教室垃圾桶裡的東西塞進來的。

——做出這個惡作劇的人和在鞋櫃中放紙條的人是同一人嗎？

不管怎麼樣，騷擾紙條和垃圾應該是同一人或者同一群人所為。

但是，與其被人鬼鬼祟祟地從背後捅刀，還不如正面承受騷擾，這樣自己還能進行反擊，遠山希望對方能這麼做。

即使被這樣騷擾，遠山還是保持冷靜。因為他已經打算好了，如果對方訴諸暴力，他也會還手。

「佑希，早安……咦？你的表情好可怕，發生什麼事了嗎？」

來到教室的千尋一看見遠山的臉，似乎就察覺到不對，一臉擔心地探頭審視他的表情。

「不，沒什麼啦。只是覺得上課好麻煩，想要回家而已。」

遠山慌張地把垃圾塞回桌子抽屜裡，假裝什麼也沒發生。

「但是看你一副在鑽牛角尖的表情……要是有什麼煩惱就跟我說吧。」

「當然啦。能陪我商量的朋友就只有千尋你嘛。」

為了緩和氣氛，遠山用自虐哏來回答。

「我覺得沒那回事哦。現在的佑希身邊不是還有上原同學嗎。」

雖然千尋說遠山身邊還有上原在，不過他本人對她還沒有成為朋友的感覺。

即使最近三人經常一起吃午飯，他還是沒有絲毫實感。

然後遠山把目光轉向另一位同學，高井。

高井依然和平時一樣，獨自一人靜靜地看書。

遠山一直無法集中精神上課，就這麼迎來了午休。上原還是一如往常地來到遠山和千尋的座位這邊，打開便當。

雖然可以想見這次騷擾的原因是上原，但她當然是無罪的。不過如果她再繼續和遠山來往的話，騷擾的矛頭就有可能指向她。不過，也很難告訴她最好不要和自己待在一起。

想到這邊，遠山得出的結論是，只能像之前一樣正常地對待她，觀察情勢。

只是，今天的午休與平時不同。同學們一邊看著手機，一邊竊竊私語像在聊八卦般地看著遠山他們。遠山感覺到他們的眼神裡帶著類似輕蔑和敵意的感情。

自從上原加入遠山他們的圈子，雖然多少都會受到一些關注，但感覺這和以往的關注方式不太一樣。

「大家的樣子有點奇怪耶，我感覺我們正被大家盯著看。」

「嗯，有種非常討厭的感覺。」

千尋和上原也察覺到班上的樣子與平常不同。

「麻里花，可以來一下嗎？」

受到與平常不同的注目，正當遠山他們感到疑惑的時候，同班的相澤美香過來搭話。相澤和倉島相同，都位於頂層社交圈，遠山經常看到她和上原相處融洽的樣子。

「美香？怎麼了？」

「我有些話想跟妳說……在教室有些顯眼，能到外面說嗎？」

「呃、好，我知道了。」

「啊，遠山你也一起來。」

「咦？我也要？為什麼？」

「好啦，閉上嘴乖乖跟過來。」

相澤是個嬌小的女生，及腰的頭髮綁成雙馬尾。遠山聽說她是個與外表相反，有大姊頭風範而且很會照顧人，有事會好好說清楚的類型。

「好、好的……我知道了。」

遭到相澤狠瞪的遠山，就像被蛇盯上的青蛙一樣，不得不老實地跟在後面。

「沖田同學，抱歉，這兩個人借我一下喔。」

「嗯，請妳對佑希手下留情。」

看著不知道要被說什麼而提心吊膽著的遠山，千尋開玩笑地說道。

「我、我又不是要把他抓來吃！好了，你們兩個快走吧。」

相澤一臉羞恥地帶著遠山和上原離開了教室。

「真是的，這樣我不就像是把他們兩個叫出來的可怕人物嗎……實在是。」

相澤邊發著牢騷，邊走在遠山和上原前面，帶來他們來到走廊盡頭的自動販賣機前。

「那麼美香，妳要說什麼？是不能在教室裡說的事嗎？」

「午休時教室的氣氛怪怪的，麻里花妳有注意到嗎？」

「多少能感覺到……氣氛感覺和平時不太一樣。」

「遠山呢？」

相澤瞥了一眼遠山，詢問他的看法。

「我和上原同學一樣。該說是和平常不同的受注目方式嗎，我有這種感覺。」

「是嗎……看來你們兩個都還不知道呢。看看這個。」

相澤拿出手機讓遠山和上原看畫面。

「你看，班上不是有個很土氣的傢伙嗎，叫什麼名字來著？和那個像女生一樣的男生交情很好的傢伙。」

「是在說遠山嗎？」

「對對，有傳聞說上原和那傢伙正在交往。」

「咦？怎麼可能啊。他們完全不相配啊。」

「聽說有人在車站前的書店看到他們，而且遠山擔任圖書委員的時候，上原也經常去圖書室。」

「經你這麼一說，確實如此呢。」

「如果是真的，那還真是讓人羨慕啊。」

「話說回來，為什麼偏偏是遠山啊？」

「只是傳聞而已，事情還不是很清楚。你們別洩氣啊。」

「這是什麼啊？怎麼會變成我和上原同學在交往的傳聞了？」

手機上顯示的是：遠山和上原已經在一起了——這種毫無根據的傳聞留言。

「不會吧？我和遠山被傳緋聞了？」

上原掩飾不住驚訝，但她的表情不知為何好像很高興。

「剛剛一進入午休時，我就被邀請進了這個匿名的聊天群組。因為是在講遠山你們，所以你們才沒被邀請吧。」

「所以我們在教室裡才會被盯著看嗎……上原同學，我感到有些抱歉，鬧出了奇怪的謠言。」

「為什麼遠山要道歉呢？你又沒有做任何壞事，不是嗎？」

「不……我是覺得和我這種人傳出緋聞，上原同學應該也覺得很討厭吧。」

「什麼討厭，完全沒那回事！我反而很高興……吧……什麼的。」

上原微低著頭，似乎是感到害羞，她的聲音慢慢地愈來愈小，小到聽不見。

「上、上原同學？就、就算妳是在開玩笑，說這種話真的會被誤解的！」

「讓人這麼說不好嗎？還是說遠山你討厭和我傳緋聞？」

上原抬起眼睛，探頭看著遠山的表情。

——好、好近！

遠山意識到上原逼近到眼前的形狀姣好的粉紅色柔軟嘴唇，不由得移開了目光。

「這不是討不討厭的問題……那個……」

「啊～咳咳……你們真的在交往嗎？」

到剛才為止一直默默聽著兩人交談的相澤故意咳嗽了幾聲，一臉受不了地提出疑問。

「才、才沒那回事哦！我們並沒有在交往！對吧，上原同學！」

或許是因為不好意思，遠山拚命地否認。

「你也不需要那麼用力否定嘛……」

上原似乎對全力進行否定的遠山感到不滿。

「看到你們這個樣子，我開始覺得就算被誤解也是沒辦法的事……」

大概是對這種像是笨蛋情侶一樣的拌嘴式吵架有所自覺，遠山和上原沒有反駁，只是神色尷尬地沉默著。

「總之，你們兩個注意一下自己的行為，不要再傳出什麼奇怪的緋聞了。」

「相澤同學，謝謝妳把這件事告訴我們。接下來我會注意的。」

「好～我會注意的！」

遠山擔心和上原的緋聞會傳開來，下定決心接下來要慎重行動。但上原本人似乎沒放在心上，沒有危機意識。

「這孩子真的了解嗎……如果還有什麼後續發展的話，我會告訴你們的。」

遠山非常清楚，相澤雖然以無奈的表情看著一派輕鬆的上原，但其實她很擔心這個朋友。

◇

從相澤那裡聽說匿名聊天群組的那天放學後，遠山造訪了高井的房間。

「今天發生什麼事了吧？」

感覺到遠山與平時不同的高井，用溫柔的語氣問道。

「不……那個……」

當遠山支吾其詞時，高井把放在沙發旁的手機拿來操作一番，遞了過來。

看到手機螢幕顯示的訊息，遠山愕然失色。

雖然高井被邀請進聊天群組這件事也讓他很驚訝，但問題在於聊天群組的訊息內容。

——這、這是……到底是怎麼回事？

遠山看到內容的瞬間，感覺全身的血液都被抽光了。

聊天群組的內容比午休時相澤給他們看時又更新了，增加了新的訊息。

〔上原同學好像很淫蕩哦。〕

〔咦？真的嗎？拜託她的話就能上她嗎？〕

〔不，好像要錢。〕

〔那就只是援交而已嘛。〕

〔大受打擊啊，沒想到上原同學竟然是那種人。〕

〔但是只要給錢就能上她的話，我給啊。〕

〔確實，就算她很淫蕩，她臉好看身材也超讚的。〕

〔真想享受看看那對壓倒性的大奶啊。〕

〔倉島之所以沒被當作對象，好像就是因為他拒絕給錢哦。〕

〔真的嗎？倉島也很可憐了耶。〕

〔對了對了，上原好像在跟遠山援交。〕

〔聽班上的女生說，在校舍後面看到了遠山給上原錢。〕

〔不然上原這樣的優質女人怎麼會找遠山當對象啦。〕

〔結果遠山不是和上原同學交往，而是給錢換來的嗎。〕

〔沒錯沒錯，遠山被當成冤大頭了呢ｗｗｗ〕

聊天記錄裡寫滿了毫無根據的謊言和誹謗中傷的內容。

——什……麼，這是……

遠山的心臟鼓動得愈來愈大聲，連他自己都聽得見。

眼前出現光點雜訊，呼吸困難起來。

「今天一進入午休，我就被邀請進這個聊天群組。」

高井和遠山他們在班上沒有交流，所以才會被邀請進聊天群組吧。

「午休時相澤同學有給我看過裡面的留言……但現在的內容比那時候的更惡劣了……」

放學後，在圖書室見面時上原的舉止都還很正常。所以新的訊息應該是放學以後才發文的。

——不只我而已，連上原同學都成為被騷擾的目標嗎？為什麼？她不是在班上人緣很好嗎？還是說這是所謂的「愈是喜歡，一旦翻轉，便愈是憎恨」？

遠山表情苦澀地不斷重複自問自答。

「是我的錯……如果我沒有和上原同學扯上關係就不會演變成這種局面了……可惡！」

遠山受到自責的念頭驅使，用力握緊拳頭，用力到指甲都要掐進手掌。

一股輕輕飄散的柔和香味包圍了遠山那垂頭喪氣的腦袋。

「你不要責備自己，這不是佑希的錯。」

高井把遠山的頭抱在胸前給予安慰。

「但是，我該怎麼做……」

遠山認為就算自己被人誹謗中傷也無所謂，但是再這樣下去，上原也會暴露在班上的惡意之下。
就算只能幫到上原也好，遠山想要做點什麼，但是他想不出該怎麼辦才好。
「我也不知道該怎麼辦才好。不過現在就忍耐一下吧。然後佑希再去保護上原同學。」
「……我知道了。我希望高井像以前一樣對待我們。如果連高井都被捲進來的話，我會後悔不已的。」
「我沒事的，畢竟至今為止我在班上都是空氣。」
這麼說完，高井抱緊了遠山。
赤裸身體的兩人緊緊相擁，把臉埋在高井胸前的遠山內心終於獲得了平靜。
無論如何都要阻止這種誹謗中傷的惡行。
遠山在心裡如此發誓。

◇

第二天早上，遠山揉著還犯睏的眼睛，一邊吃著早餐一邊整理昨天發生的事。
原本預想這個利用聊天訊息進行中傷的犯人，是對上原抱持好感的男生，但仔細想想，也有必要考慮到犯人是女生的可能性。
訊息中有一條：

〔聽班上的女生說，在校舍後面看到了遠山給上原錢。〕

這種假訊息。這有可能是某位女生所喜歡的男生對上原抱持好感，因此產生仇恨，進而以不實內容來誹謗中傷。

犯人必定是班上的某個人，但該怎麼做才能阻止這種誹謗中傷的行為呢，遠山完全摸不著頭緒。

思路突然碰上瓶頸，無力感讓遠山趴在了廚房的桌子上。

「哥哥你怎麼了？身體不舒服嗎？」

看到遠山一大早就精神不振，菜希擔心地問道。

「我只是有點睡眠不足而已，沒事的。」

趴在桌子上的遠山抬起頭，為了不讓妹妹擔心而努力假裝平靜的樣子。

「你昨天很晚才回來呢。不好好睡覺的話是不行的哦，聽說睡眠不足會縮短壽命。」

因為昨天他和高井在一起的時間很長，所以回來得比較晚，不過總不能跟家人說是和女生在一起吧。

「好，我會注意的。因為假如我死掉了，菜希會很傷心呢。」

「對啊，要是聞不到哥哥的味道，菜希該怎麼辦才好呢？」

比起遠山的性命，原來她更擔心聞不到味道啊。

這很有怪人菜希風格的話令他會心一笑。託她的福，遠山稍微湧出了活力。

「菜希，謝啦。」

「嗯？我沒做什麼能讓人感謝的事哦，哥哥真奇怪。」

「不，我總是能從菜希那裡獲得活力呢。」

遠山把手放到菜希的頭上。

「等等，別把我當小孩啊！」

菜希看起來有點害羞，然後又開心地笑了。

在兩人這樣互動之中，時間流逝著，到了再不趕快出門就要遲到的時刻了。

——他對上學這件事感到害怕。

只有遠山自己受到騷擾的話，他倒是無所謂。

但是身邊重要的人受到傷害那就很可怕了。

遠山與高井約定過要保護上原。

所以——

遠山咬緊牙關也要前往學校。

為了從惡意中保護好上原。

「那麼我去上學了。」

「啊，菜希也要一起走！」

雖說是初中部，但也是位於同一片區域的同一間學校。既然不知道有誰在看，遠山就不能和菜希一起上學。

「對不起啊，我不能和妳一起上學。雖然有些抱歉，但我希望菜希妳一個人走。」

「咦？為什麼？哥哥你果然哪裡怪怪的啊，告訴我理由。」

「我不能說。因為菜希對我很重要，所以不能一起走，我希望妳能明白這一點。」

如果跟菜希說出理由的話，她一定會憤慨地做出什麼行動吧。而察覺到菜希行動的犯人就有可能把她也當成目標。遠山不想再把其他人捲進來了。

「……我知道了。既然哥哥都這麼說了，我就不問了。」

「嗯，我最喜歡聽話的好孩子了。」

總算說服了菜希，遠山長吁一口氣。

「那我先走了。」

「嗯，我知道了。」

就這樣，遠山和菜希變成分開上學。

來到學校的遠山確認鞋櫃裡沒有其他東西後，換上室內鞋走向教室。

遠山在教室前面做了深呼吸，下定決心後邁開腳步走進教室。

——呃！

一進教室，同學們的視線就一起集中到遠山身上。看樣子幾乎所有同學都看過聊天群組的內容了，其中大部分人應該都信了那些謊言了吧。
環顧教室，沒有看到上原的身影。看來她還沒到學校，這讓遠山鬆了一口氣。
但是上原她有辦法忍受這種異樣的眼光嗎？
平時被說是土氣的邊緣人，遠山還能當成耳邊風，但是連他都無法抹去那種不自在。
在這些異樣的眼光中，遠山走向自己的座位。
可能是遠山晚出門了，今天千尋比他先到了教室。
「千尋，早安。」
遠山坐了下來，對著坐在前座的千尋的背後打招呼。
「佑希？早安……」
千尋回過頭來，明顯是不開心的表情。
昨天看到的聊天群組裡，他記得關於千尋的壞話和誹謗中傷只有一個，就是把他叫做「那個像女生一樣的男生」。
「看來千尋你也知道那個聊天群組的事呢。」
「嗯……雖然我沒被邀請進聊天群組裡所以不太清楚細節，但班上的朋友告訴我了。看樣子佑希你也知道那些內容？」
「我當然知道啊。」
「被那些謊言寫成那樣，佑希你沒事吧？照這樣下去你會被班上的同學一直誤解下去。

得想想辦法解開誤會才行。」

「我是沒事啦，上原同學才需要擔心。畢竟那堆毫無根據的訊息寫得最多的就是她。」

原本對著遠山這邊竊竊私語的同學們突然把視線集中到教室門口。

上原從教室門口走了進來，受到同班同學矚目的她看起來和平時一樣。

——難道，她還不知道？

在竊竊私語著的同學們的注視下，上原若無其事地坐到自己的座位上。

遠山難以判斷該不該向她打招呼。

——該怎麼辦？要去問看看上原同學嗎？

正當他煩惱著複雜的問題時，擔任班導的宮本老師無情地走進了教室。

——可惡！錯過時機了！

遠山無視自己判斷得過於緩慢，逕自在心中咒罵著。

「佑希，冷靜點。」

看到遠山的樣子，坐在前座的千尋小聲說著「別著急」。

學校才剛開始上課，就算不是現在也不會怎麼樣。等到下課或午休，再去找上原說話就行了。

遠山深呼吸讓心情平靜下來。

結果，遠山沒能在下課時間和上原說到話，時間就這樣來到午休。
平時會到遠山他們座位這邊的上原今天沒有過來。
遠山看向上原的座位……她正在和好友相澤聊天。
「上原同學，可以借我一些時間嗎？」
再這樣下去是不會有結果的。遠山下定決心，向正與相澤聊天的上原問道。
「遠山……對不起美香，我稍微去一下。」
「相澤同學，抱歉，在妳們聊天的時候打岔。」
「沒關係我沒在意，你們去吧。」
儘管被遠山突然打岔，但相澤沒有表現出不高興的樣子，她只是揮了揮手，然後回到自己的座位上。
「上原同學，這裡不太方便，我們離開教室去其他地方吧。」
「嗯，我也覺得這樣比較好。」
上原環視班上回答道。她似乎清楚自己現在是受到注目和眾人感興趣的對象。
上原站了起來，和遠山一起走向教室門口。
『喂，那兩個人……聊天訊息說的是真的嗎？』
『是要到校舍後面給錢？』
『不對吧，在學校怎麼可能做那種事啊。那是謠言吧。』

能聽到這些對話。大家似乎對那些傳聞半信半疑的樣子。

瞥了一眼低聲聊著八卦的同學們，遠山和上原走出了教室。

「上原同學，妳沒事吧？」

「嗯、嗯……我沒事。」

上原雖然嘴上說著沒事，但能感覺到她不像平時那麼活潑，似乎很疲憊。

「上原同學要喝什麼？我請客。」

離開教室的遠山他們，來到了昨天和相澤談話的走廊盡頭的自動販賣機前。

「不，這不好意思啊。這點錢我自己付就好。」

「畢竟是我邀請妳過來的，由我來付吧。」

上原閉上嘴，有一瞬間露出思考的樣子，隨即開口說道：

「這樣啊，那就……奶茶。」

遠山買了飲料遞給上原。

「謝謝，總覺得遠山很擅長和女生相處呢。剛才你說『畢竟是我邀請妳過來的』的時候都沒有害羞，堂堂正正地說了出來。」

「我覺得這樣很正常吧……？」

「才不是哦。有很多男生一到我面前就忸忸怩怩的，完全不知道他在說什麼。」

「嗯，我也不是不能理解那些男生的心情。」
「怎麼說？」
「對那些男生來說，上原同學就是高嶺之花。站在妳面前就會忍不住感到緊張。」
「咦？我又不是什麼偶像，只是很普通的女生啊。」
上原似乎沒有注意到自己的魅力。對這附近的廢物男生來說，既渴望她當自己的女朋友，卻又是自己碰觸不到的存在。
而倉島那種大概是稍微受到歡迎就導致自信過度，所以身上沒有那種感情吧。
「可能只有上原同學這麼想，周圍的人就不是這麼想了。」
「嗯……是這樣嗎？」
上原好像還是不太懂。
「上原同學既漂亮又可愛，性格也是無可挑剔地好喔。對班上的男生來說應該是最想成為自己女朋友的女生吧。」
「咦？咦？遠、遠山……被、被你誇得這麼好，我該怎麼辦才好……」
突然受到遠山無上誇獎的上原一下子就不知所措了。這種不會過於自信，保持謙虛的態度也是她的魅力所在吧。
「遠、遠山……那個……也、也會想讓我成為你的女朋友、嗎？什麼的……」
咦？是在什麼奇怪的地方讓她誤會了嗎？只見上原的臉頰染上緋紅，抬眼看向遠山向他問道。

「啊，不是，這只是大眾觀點而已，不是我的想法。」

「原、原來如此啊……」

上原遺憾地垂下了肩膀。

「對、對了，說到上原同學的魅力。」

「還、還要繼續這個話題嗎？我覺得很害羞耶……」

被抬舉得太高，讓她本人感到困惑了。但是這個話題與現在發生的誹謗中傷有關，所以無法避開。

「那麼就進入正題，除了上原同學和我交往的緋聞之外，還多了不少新的訊息，上原同學妳知道嗎？」

隱藏也沒用，遠山直接從核心說起。

「嗯……昨晚美香發截圖給我看了，我知道。」

如同高井會告訴遠山，上原身邊則是有相澤這個夥伴。

「那事情就好說了。這件事簡單來說，和剛剛說過的人緣好有關，是痛恨上原同學人緣好的女生，或者是嫉妒最近和人緣很好的上原同學相處融洽的我的男生幹的。」

「怎麼這樣……我們明明什麼都沒做……為什麼……」

雖然殘酷，但還是讓她知道真相會比較好。遠山沒有改用婉轉的說法，而是實話實說。

「那……都是因為我才會把遠山給牽連進來的……」

一如預料的，上原誤以為是自己害得遠山被牽扯進來。

「不是那樣的！我之所以會成為目標，是因為我被叫做邊緣人而且很土氣。妳和倉島相處融洽的時候不就沒事發生嗎？」

「的確……」

「認同倉島比自己厲害的那種人，會覺得如果對手是他那種受歡迎的帥哥的話，自己比不過也沒辦法。但如果對手是比自己更遜色的我，當他心中的高嶺之花上原同學和我相處融洽時，他就會嫉妒為什麼是我這種傢伙，然後開始心懷怨恨。」

這次的誹謗中傷正是由此而來，所以也算是由遠山招惹來的。

「所以說這次事件的起因在我。對不起，我把上原同學捲進來了。」

「不是的……這不是遠山的錯。人沒有所謂的高等或低等，為什麼要這樣區別？這種事到底要持續到什麼時候……」

活在陽光下的上原可能無法理解，但是處在陰暗處的遠山卻有著親身經歷。

「會變成這樣也是沒辦法的事。所以，該思考的是接下來要怎麼做。」

「說得也是呢……所以該怎麼辦才好？我完全不知道自己該怎麼做。」

上原以一副憔悴的模樣喃喃說道。

看到沉浸在悲傷中的上原，遠山拚命思考著。

他不想再讓上原悲傷下去，有沒有什麼好辦法可以打破這種局面？

兩人陷入沉默，不過沒多久遠山露出突然想到什麼的表情，才慢慢地開口說道：

「……上原同學，我有一個想法。」

「咦？你想到了什麼好辦法嗎？」

「嗯，這樣下去事態不僅不能平息，還可能往更壞的方向發展。所以只能由我們主動出擊了。」

「嗯，我也不認為這樣放任不管，事態就會變好……所以，你打算怎麼做？」

遠山把以紙條為線索想到的點子告訴上原。

「要用那樣的辦法……」

「雖然這會讓上原同學也成為眾矢之的，但是妳能幫我嗎？」

遠山想到的這個辦法，必須要和上原兩人一起對峙那些誹謗中傷的人，其中的風險難以估算。

「……嗯，我知道了。我相信遠山，而且兩個人一起的話我就不怕了。」

「對不起，我只能想到這樣的辦法。」

「沒那回事。遠山你這麼擔心我，為了我這麼拚命地思考，所以一定會順利的。」

上原說的這些話，讓遠山感覺得到了救贖。

「那麼，就在明天的班會上執行。」
「嗯！我知道了。遠山你不要勉強哦。」
「好，交給我吧。」
真的會順利嗎……懷抱著不安的遠山為了不讓上原察覺，裝出堅強的樣子。

思考出作戰計畫的隔天，遠山為了做好終止騷擾的作戰準備，比平時起得更早。但更應該說他是因為不安和緊張導致睡不著而一直清醒著才對。

「好，差不多該走了……」

因為睡眠不足，他的身體狀態說不上有多好，但意識是清醒的。

「咦？哥哥，你已經要去學校了？」

遠山穿上制服走出房間，前往玄關的時候，在盥洗室前碰到了頂著一頭像是在表達「我才剛起床」的亂髮，穿著睡衣的菜希。

「對啊，今天我有點事想早點去學校弄。」

「是嗎……雖然不知道哥哥有什麼心事，但是請不要勉強自己哦。」

早晨在洗臉台看到自己那睡眠不足與緊張交集而成的淒慘表情，遠山自己也心裡有數。菜希也許是從他的表情裡察覺到今天應該會發生什麼事吧。

「嗯，謝謝菜希擔心我。不過我不是一個人面對，沒問題的。」

「我知道了，菜希的精神也會與哥哥同在的。」

連菜希都擔心起自己，這已經不只是他個人的問題了。
遠山強烈希望無論如何都要在今天把這個問題解決掉。
「那，我出門了。」
「嗯，路上小心。」
在菜希的目送下，遠山心懷覺悟地走向學校。

在去學校的路上會經過的便利商店做好準備，在還是空無一人的教室裡，從書包裡拿出到校之前在便利商店裡複印好的一疊紙，拋進自己的桌子抽屜裡。
然後，遠山在自己的座位上靜靜地等待班會開始。
遠山為了讓心情平穩下來而安靜地閉目養神，這期間應該是到校的同學們陸續進入教室，他聽見教室慢慢變得喧鬧了起來。
「佑希，早安。你今天來得真早呢。」
聽到熟悉的中性聲音，遠山睜開了眼睛。
「早安，千尋。我今天有事要做，所以早點到校。」
「這樣啊。佑希……看你臉色不太好，沒事吧？身體哪裡不舒服嗎？」
就像早上被菜希指出的那樣，不管誰來看，都會看出現在的遠山身體狀況不佳。
遠山就是這麼地緊張，內心幾乎要被不安壓垮。

「不……有點睡眠不足而已，我沒事。」

「是這樣嗎……如果你身體不舒服的話，要馬上告訴我哦。」

這種時候得到千尋的關懷，讓遠山原本充滿不安的內心輕鬆了許多。

「好，謝謝，要是不舒服我會立刻告訴你的。」

就這樣遠山和千尋不著邊際地聊了一會兒後，班導宮本老師從門口走進了教室。

——終於要開始了。

宮本老師從門口走到講台的幾秒鐘，遠山的心臟咚咚作響，他緊張得雙腿直打顫。

「同學們早安，接下來開始早上的班會——」

「老、老師！在班會開始之前可、可以占用一點時間嗎？」

遠山將力氣注入顫抖著的雙腿，喀噹一聲地推開椅子，猛然從自己座位上站了起來，打斷在講台上準備宣布班會開始的宮本老師。

「遠、遠山同學，你到底怎麼了？」

突然站起來的遠山，讓宮本老師和同學們都目瞪口呆了。

遠山從抽屜裡拿出一疊紙，用止不住顫抖的雙腿走向講台。

「咦？連上原同學都……」

接在遠山之後，上原也起身離開座位，開始往講台移動，這讓宮本老師也陷入了混亂。

教室裡由於遠山突如其來的奇怪行為而變得靜謐無聲，但是當上原一站起身，同學們就開始吵雜喧鬧了起來。

『咦？這是什麼預告嗎？』

『某個活動的發表？』

『那兩個人不就是傳聞中的……』

『該不會是情侶宣言吧？』

『不不，怎麼可能啊。』

『這是什麼要開始了嗎？』

教室裡的同學們似乎都無法掩藏內心的動搖，各種臆測此起彼落。

在這種情況下，遠山和上原在講台前會合，兵分兩路地把傳單發給同學們。

宮本老師在他們發完之前什麼也沒做，只是靜靜地看著狀況。

『咦？這是那個吧？』

『怎麼回事？我怎麼都不知道。』

『欺凌？』

『這是什麼啊……好過分……』

兩人分送的傳單正面印著：「邊緣人可別得意忘形了。」，反面印著聊天群組的對話內容。

這是放進遠山鞋櫃裡的紙條以及聊天群組的截圖。

「請老師也過目。」

兩人把傳單發給全部的同學後回到講台前面，遠山把剩下的傳單也交給了宮本老師。

「這、這是？遠山同學、上原同學，請你們說明一下這是怎麼回事。」

看到傳單上的內容後，宮本老師驚呼出聲，要求遠山他們做出說明。

「老師，接下來我會在大家面前說明的。」

這麼說完，遠山把目光從原本面對著的宮本老師身上移開，在講台前方面向同學們。

「啊……」

直至剛才為止都還喧鬧著的教室變得安靜下來，同學們的視線一齊集中到遠山身上。那一瞬間，遠山像是被鬼壓床似的，身體僵直，說不出話來。

他的雙手顫抖，喉嚨乾渴，張開嘴巴想出聲卻說不出話來。

『遠山，你怎麼呆站著啊。』

『你不是有話想說嗎？快點說啊。』

『遠山他完全僵住了啊。』

對於平時不習慣受到眾人矚目的遠山來說，出於現在這種特殊情況而必須將自己暴露在眾人目光下的局勢，給他帶來很大的負擔。

站在講台之上，面對眾人的遠山身體僵硬，無法動彈，也無法言語，同學們紛紛向他投去無情的話語。

——我這種在班上如同空氣一樣的傢伙不管說什麼，應該都沒有人願意聽吧？

——說要幫助上原同學什麼的，我是不是太自負了？

——我之前到底……到底是打算要做什麼呢。

變得無法好好思考，無法前進或逃避的遠山，手突然被柔軟而溫暖的東西包裹住。

「遠山，沒事的。有我陪著你。」

上原緊握著遠山顫抖的手，將其溫柔地包裹住。

從相繫的手感覺到上原的溫暖，而且她的手也正在顫抖著。

上原也感到不安。

不過，即使如此她還是握住遠山的手，堅強地給予他鼓勵。

他將目光轉向上原，看見她搖曳的瞳眸，遠山用力咬緊自己的嘴唇。

——不想再像這樣什麼都不做而感到後悔！

遠山用力回握上原的手。

然後，像在說著「我已經沒事了，謝謝」一般地緩緩鬆開交握住的手。

「我、我有事想請大家聽我說。」

遠山的眼神恢復了力量，當他開始說話時，原本嘈雜不已的教室重回安靜。

「看到剛剛發的傳單，我想大部分的人都心裡有數。」

「這張紙是雙面列印，正面印的是放入我鞋櫃裡的紙條，背面印的是聊天群組的螢幕截

圖。」

聽到遠山的這番話，班上同學們又開始騷動起來。

「那，遠山同學……這些是真的嗎？」

聽到他說的話，宮本老師似乎很震驚，臉上是難以置信的表情。

「是的，我們沒有理由說這種謊。」

說到一半被宮本老師打了岔，遠山簡單回答完後再次開始述說：

「那張紙條是個開頭，放在我的鞋櫃裡，到了隔天又有人惡作劇在我的桌子抽屜中塞垃圾。」

「如果只是這樣我還能忍耐，我覺得等哪天這種騷擾就會自己平息了。」

「可是，與那些騷擾同一時期，有個匿名的聊天群組被開啟，在那裡頭發表誹謗中傷我和上原同學的訊息。」

到這裡終於說完的遠山，輕呼了一口氣又開始繼續說道：

「眼看著上原同學看到聊天群組內容時悲傷的樣子，我在感覺到強烈憤怒的同時，也深切希望不想再讓上原同學如此悲傷了，不管做什麼我都要阻止這種行為。」

「所以，我才會做出占用班會這種欠缺常識的行為。對此我感到非常抱歉。」

同學們沒有潑冷水或是嘲笑，宮本老師也不插嘴默默聽著。

「上原同學不是會做那種事的人，我想大家應該都很清楚。」

「我也知道有人不喜歡我，沒有努力想融入班上的我讓人生氣，而且這種人竟然和上原同學相處融洽，很惹人厭。這些我都知道……」

「可是！其他人只是與我來往，就用這種無聊的方法來傷害其他人，我希望這種行為可以停止。所以……要是再有更多騷擾行為的話，我也不打算乖乖承受。」

「這邊有放到我的鞋櫃裡的紙條。因為是手寫的，只要比對筆跡，應該就能簡單地找出是誰寫的。考試的答案紙學校應該有留著，我打算請老師提供協助。我認為紙條和在桌子抽屜塞垃圾的犯人是同一個人。」

「這代表著什麼意思，我想犯下這些騷擾的人應該是清楚的。依據情節輕重，可能會被停學、退學或是被告妨害名譽。不過找到犯人並不是上原同學的希望，心裡有數的人，請你好好思考與反省。」

遠山在這裡停頓了一下，做了深呼吸。

「其實我也不想做出像這種威脅似的行為……可是！我不想再看到上原同學受傷的樣子！請不要傷害我重要的人……所以……拜託了……」

遠山說到這裡就說不下去了。

數秒的沉默之後，至今一直保持沉默的上原開口了：

「我覺得……追究是誰的錯這種事不重要。不是遠山的錯，也不是誰的錯。遠山這樣心痛，受到傷害的樣子讓我感到悲傷不已。我也要拜託……請不要再做這種事了……拜託——

了……」

上原也無法再說下去了。

遠山毫無虛假的真心話，大概打動了同學們的內心，可以聽到有些女同學含著淚目發出啜泣聲以及同情的聲音在教室中響起。

「遠山同學、上原同學……抱歉我沒有察覺到發生這樣的事……但是以我的立場，我不能太快下結論，關於這件事請你們之後跟我仔細說清楚。」

當遠山和上原兩人冷靜下來時，一直保持靜觀的宮本老師終於開口了。

「各位同學，這件事接下來需要進行調查。視情況需要，會找你們個別詢問事情，請各位配合。雖然這事令人感到震驚，請各位注意還是要像平常一樣專心上課。」

遠山和上原說出了想說的話，當兩個人都無法再說下去時，由宮本老師做了最後的總結。

「沒有和老師商量，就以這種形式用掉了班會的時間，非常對不起。」

遠山向宮本老師表示歉意。

「不只是遠山，事先知道這個行動的我也有錯。老師，對不起。」

接在遠山之後，上原也向宮本老師低下了頭。

「我不否認我希望你們可以事先跟我商量，不過你們的想法已經傳達給我了。放學後我再重新找你們問話。」

這樣事情是否獲得解決，遠山和上原都不清楚。

不過，要是這件事的主謀就在班上的話，這麼做就能牽制他。不是為了將犯人逼出來，目標始終是希望能夠停止這種誹謗中傷的行為，所以應該是有效的。

「因為時間不夠了，我簡短地把班會開完。」

聽到宮本老師說要重新開始班會，遠山和上原來來回回地從同學手上回收傳單。

遠山為了回收傳單，走到了倉島的座位附近，當時的他看起來毫無動搖，十分平靜。

不過從他目不轉睛地看著遠山的眼神中，可以窺見嫉妒與憤怒的感情。

無言地從倉島手中回收完傳單，遠山在心裡深深地嘆了一口氣。

遠山他們在班會說出誹謗中傷的騷擾事情的當天，這個話題被廣為談論。

其中也有相信謊言，在聊天群組跟風發表訊息的同學。

想必那些同學一定感到臉上無光吧。

「美香，那我走了。」

「嗯，妳去吧。」

上原跟好友相澤說完這句話，便離開了教室走向學生指導室。

為了問清楚這次的事情，宮本老師在放學後傳喚她前去說明。

由於與性有關，事情複雜，由女性教師宮本單獨一人向上原問話。

遠山在另一間教室由輔導學生的其他男性教師來問話。

「似乎有訊息寫到有做援助交際，關於這點我想請上原同學說明。」

當然上原否認有在做援助交際，令人驚訝的是她接下來的發言：

「宮本老師……那個我……還、還是，處、處女！要我證明也很困難……啊！去婦產科的話，應該可以拿到什麼證明嗎？」

——噗！

上原突如其來的處女宣言，讓宮本把喝到一半的茶噴了出來。

「失、失禮了……應、應該沒有那種證明吧？老師也不太清楚。」

「是這樣嗎……那就沒辦法洗清遠山的嫌疑了……明明只要能證明我還是處女，就能清楚我和他沒有做援助交際了……」

上原認真地替遠山擔心，而且為了幫助他，還想要證明自己是處女呢。

宮本覺得有失體統，但還是欣慰地放鬆了臉上的表情。

上原非常重視遠山呢。

——呵呵，年輕真好呢。

宮本懷念起十年前還是高中生的年輕時代，微苦的青春回憶在腦中復甦，忍不住露出了微笑。

如果是這兩個人，肯定能輕鬆跨越現在的困難吧。
宮本雖然身處教師的立場，但還是在心中為兩人的戀情聲援。

◇

昨天放學後，遠山被指導學生的老師找去問話，他說了與上原事先商量好的事情。
那就是……「他們兩人都不希望找出誹謗中傷的犯人」。
這是有理由的，他認為事情已公開到這種程度的話，主謀往後就不能再輕率地行動了。以抑制力來說，已經十分有效果了，遠山是這麼想的。
邊想著昨天的事情，換上制服、準備好上學物品後走下樓，就看到穿著水手服的菜希正在等候。
「今天一起上學吧。」
看見她，遠山向菜希說了這句話。
「真的嗎？今天開始就能一起上學了嗎？」
「對，已經沒問題了。」
「太好啦！」

菜希滿面笑容，緊抓住遠山的手不放。

雖然只有幾天不能一起上學，但對她來說真的很開心。

她依舊是那個無法離開哥哥的兄控菜希。

為了不讓菜希被捲進麻煩之中，之前暫時不一起行動，不過現在已經沒關係了吧。

「那就出發！」

遠山被菜希拉著手臂，走出了玄關，住宅區在朝陽照耀之下熠熠生輝。

那柔和的光芒既炫目又溫暖，讓人感覺身體與心靈都恢復了活力。人類其實也要行光合作用吧，遠山心想。

這是個相當舒適的美好早晨。

哼哼～哼——

菜希邊哼著歌，邊挽著遠山的手臂，滿心歡喜。

「菜希，妳還真高興呢。」

「我們有一段時間沒有一起上學了哦？當然會高興啦！」

「每天在家裡不是都能見到嗎。」

「那種和這種不一樣！」

這兩者的差異讓遠山有點難以分辨。

不過菜希以這種狀態和哥哥一起上學真的好嗎？遠山思索著。

既然她已經是青春期的女生，即使對象是哥哥，像這樣與男性手挽著手走在一起，不知情的人可能會有所誤解吧。

「我說菜希啊。」

「什麼事，哥哥？」

「在外面走路的時候還是不要挽著手吧？我覺得正常的兄妹不會手挽手。」

「咦，才沒有那回事哦。班上的洋子說連接吻這種事都是正常的。」

班上的同學裡似乎有更超越菜希的兄控。

「你們班洋子說的，應該是錯的喔。」

「為什麼？」

「兄妹正常應該是不會接吻的啊。」

「是這樣嗎……」

遠山開始擔心菜希的常識有些脫離常軌，心想今後要多跟她聊聊這些事。

快要接近校門時，遠山覺得這樣太過招搖，狠下心來扯開緊摟住他的手的菜希。

「啊、等等，哥哥別這樣啦！」

遠山想要將手臂掙脫開，卻遭到了菜希的抵抗，最後只能讓她維持挽著手臂的姿勢，勉強地走到校門。

「遠山，我等你等得好累喔～」

從校門附近，遠山的視野一角捕捉到一個邊跑步邊向自己打招呼的女同學身影。

染燙著明亮色系的大波浪捲髮，外表華麗的女同學正搖晃著豐滿的胸部向遠山跑來。

「遠山，早安！」

說完，上原將菜希挽著的手臂的另一側手臂挽住。

被菜希和上原分別挽著手臂的遠山，宛如被兩位美少女陪侍的戀愛喜劇主角。

「啊，等一下！那邊的大奶星人！妳在做什麼啦！」

「菜希早安。差不多也到校門了，妳可以前往初中部了哦。」

這麼說著，上原把遠山的手臂拉向自己這邊。她豐滿的胸部壓上手臂，那種觸感很舒服。

「啊，等等，妳幹嘛用胸部壓啊！真是一刻都不能大意。」

她們一不小心就引起騷動了，遠山雖然身處這種令人羨慕的狀況，卻反而覺得渾身不自在。

昨天才發生那些事，他今天不想才剛到校就讓人指指點點啊。

「喂，妳們兩個，已經開始引人注目了，我想分開一點行不行？」

這麼說著，遠山強行鬆開手臂，成功從兩人手裡逃了出來。

「來，菜希妳好好地跟上原同學打招呼。」

「好的，上原學姊早安。」

「很好，菜希能好好地打招呼呢，很了不起哦。」

遠山這麼一說，菜希彷彿在說著「這點小事當然沒問題啦」般地，挺起以初中生來說發育相當良好的胸部。

「那麼，我和上原同學要走了哦。」

再這樣下去，菜希會很難動身前往初中部，於是遠山拋下菜希快步走向高中部的校舍。

「啊，遠山你等我一下啦～」

遠山像是要從兩人身邊逃走一般，把上原也拋在一邊，走向校舍。

「真是的，為什麼要拋下我啊！」

一追上遠山，上原便對他發起牢騷。

「因為昨天才發生那件事，到學校時我不想引人注目。」

「抱歉啦，稍微鬧你一下，不過……我是因為很高興，一時忍不住。」

上原似乎覺得很抱歉，變得垂頭喪氣。

「妳別那麼沮喪，一大早就能見到上原同學我也很高興。」

「真的嗎？太好了～」

她原本一直低著頭，表情瞬間開朗起來。

「上原同學這麼有精神，這是最好不過的了。」

雖然遇到了那種壞事，但她好像已經不再消沉了。

「嗯……因為有遠山保護我……你明明討厭引人注目，但還是為了我而拚命說服大家，我很高興。」

上原同學水汪汪的眼睛往上看來，抬頭探看遠山的臉。

「當時我都緊張得說不出話了，多虧有上原同學的幫助，我才有辦法說到最後……謝謝妳。」

站在講台前緊張得說不出話時，是上原握住了遠山的手，給予他勇氣。

遠山想起上原的手既溫暖又柔軟，他察覺自己的臉頰開始發燙。

「不是的，沒那回事哦……堂堂正正的遠山，非常帥氣……而且……我很高興遠山你說我是重要的人……」

說過那種令人害羞的台詞的記憶再次浮現，遠山因為太過羞恥而內心翻騰。

而上原這邊從剛才就已經羞紅臉頰，水汪汪的眼睛往上看向遠山送秋波。

「差、差不多得快點進教室了，不然要遲到了。」

即將忍受不了這種氣氛的遠山，為了掩蓋羞恥而改變話題。

「啊，遠山你等等我啦。」

和菜希三人磨蹭掉不少時間，再這樣下去真的要遲到了。

遠山再次拋下上原，走向教室。

遠山與在校門附近會合的上原並肩站在教室門前。

遠山一直以來都不引人注目地過日子。可能有點矛盾，但就是因為不引人注目，反倒可以說他之前還滿顯眼的。

所以儘管他只是和班上人緣好的上原關係變好而已，就受到了矚目。

像昨天那樣做出了占用班會的行為後，遠山無法想像自己會引起同學們怎麼樣的反感。

明明只是要進入每天都會進出的教室，遠山卻覺得十分緊張。

平時他被同學在背地裡叫做邊緣人、很土氣之類的，已經習慣暴露在好奇的目光之下。

即使如此，現在即將進入教室這件事，還是讓他猶豫了起來。

因為那些留下誹謗中傷訊息的傢伙還若無其事地待在教室裡。既然還殘留著火種，就會有再次起火的可能性。

遠山在門前為許多事情猶疑不已，突然左手被溫暖的某種東西包裹住。

「遠山，沒事的，我也會陪著你。」

上原和昨天一樣緊握著遠山的手。

「上原同學，謝謝妳。」

鬆開那柔軟溫暖的手，遠山走進了教室。

一進教室，認出遠山的同學們將視線集中到兩人身上，上課前吵鬧著的教室頓時安靜了下來。

上原和遠山一起走進教室這件事，引起更多人的注目。

『快看，上原同學也跟著進來耶。他們是一起上學嗎？』

『難道那兩個人真的在交往之類的嗎。』

『不對，應該不是那樣吧。』

『不過誰知道呢。昨天開班會的時候，他們兩個不是一直牽著手嗎？說不定是真的在一起了。』

同學們竊竊私語著，遠山沐浴在他們的目光下，走到自己的座位。

遠山預想過會被說各種閒話。

——他們很喜歡這種話題呢。

班上的同學都因為聊天群組的內容而為之起舞，做出了各種想像吧。

接著，又會謠傳遠山和上原在交往了。

喜歡八卦是人的本性吧。遠山一邊想著這些，一邊走向自己的座位。

「佑希……早安！」

千尋以滿面笑容迎接遠山。

「千尋，早安。昨天給你添麻煩了。」

「不，沒這回事哦。我想應該發生了很多事吧，辛苦你了。」

光只是能被千尋用笑容迎接，遠山就感到很開心。

「遠山你也很辛苦呢。昨天聽你說明的時候我嚇了一跳，不過你保護上原同學的樣子還挺帥的嘛，我對你刮目相看了。」

一名從未與自己交談過的男生奧山翔太如此說道，並拍了拍遠山的肩膀，然後說了句「先這樣啦」就離開。他在班上是中立立場的同學，朋友很多，他女朋友也同班。遠山對他的印象滿好的。

在那之後，零星有幾個同學來找遠山說話，大家都是抱著好意。

「感覺遠山變得很受歡迎呢？」

一度回到自己座位的上原，在遠山被其他同學搭話的時候來到附近。

「上原同學，妳看，這就是出現話題人物時，會出於好奇去找他說話的情形啦。」

被人善意地搭話，讓遠山覺得有點不好意思，他找了個適當的藉口掩飾害羞。

不習慣這種事的遠山，不知道該怎麼反應才好。

「上原同學，班會差不多要開始了，妳還是回座位會比較好哦。」

遠山催促上原回去座位，並看向高井的座位。他一看過來，她似乎就注意到了他的視線，剛和遠山對上目光，她就立刻轉頭向前。

她是不是有些擔心自己呢，遠山心想著，不過從高井的表情中無法辨別出有那種感情。

——與往常相同，高井毫不動搖呢。

遠山瞥了一眼高井，只能苦笑。

「遠山，那就之後再聊吧。」

上原這麼說完便回到了座位上。看著她的背影，遠山心想昨天的行動果然沒有做錯，安心地嘆了口氣。

那天午休，遠山周圍的氣氛變得與往常不同。

要說有什麼改變，那就是上原的好友相澤美香不知為何也來到遠山他們這邊一起併桌吃午飯。她有著圓亮的眼睛和可愛的外表，胸部比較保守，雖然對她有點失禮，乍看之下她就像一個初中生。

不過她的言行舉止卻與外表相反，像個成熟的大人。

「遠山你啊，和外表不一樣，相當熱血呢。」

相澤開口第一句話，就對遠山下了一個不太符合的評價。

「是、是這樣嗎……」

遠山回想起昨天的行動。

應該是因為自己就只是拚命地想要做點什麼吧。

「遠山在班會上說的話讓我很感動哦，其他同學也是這麼說的。」

遠山得知自己的想法不僅傳達給相澤，也傳達給了其他同學，他在感到有些難為情的同時也覺得開心。

「我很感謝遠山，謝謝你幫我保護了麻里花。」

雖然自己無能為力，但是幸好有遠山在，幫了很多忙，上原的好友相澤如此說道。

「遠山為了我在同學們面前那麼拚命地說話，我真的很高興。」

那時候緊張得連自己在說什麼都不知道，現在回想起來，那樣應該就可以了吧。

「遠山你很帥喔。」

上原害羞地低著頭，抬起眼注視著遠山。

當時遠山的手在顫抖，緊張得發不出聲音，他實在不覺得自己帥，不過在上原眼裡看來似乎就是那樣的。

「對麻里花來說，遠山就像白馬王子一樣呢。」

「等、等等美香妳真是的，這很害羞耶……」

上原認為是遠山保護了自己，所以好感度上昇了很多。

「對我來說那是一段相當羞恥的回憶啊。」

遠山發自內心希望以後不要再有機會在眾目睽睽之下說話了。

「遠山，以後也要拜託你保護麻里花了哦。」

雖然不懂相澤話中是什麼意思，遠山還是默默地點了點頭。

看到他點頭，相澤滿意地微笑了。

「遠山，可以打擾一下嗎？」

突然聽到有人搭話，他回頭一看，那裡站著出乎意料的人物。

「倉島？找我什麼事？」

『喂，快看，倉島找遠山說話了。』

『真的耶。昨天遠山他們在班會上說的騷擾，有傳聞說是倉島幹的耶，難道他又有什麼企圖嗎？』

『聽說他是因為遠山搶走上原同學，所以心懷怨恨哪。』

部分同學們認為倉島有參與一連串的騷擾行為，開始竊竊私語。

「呿！……我有話要跟你說。這裡不方便，到外面說。」

同學們的對話似乎傳到了倉島耳裡，他大聲地咂嘴，並皺起眉頭。

「……我知道了。大家，我稍微去一下。」

上原等人一臉擔心地目送遠山和倉島離開，其他同學也向兩人投以好奇的眼光。

『哦，為了爭奪上原同學兩人要進行對決？』

『要打架的話，還是屋頂適合吧。』

『不不，是要告白吧？』

『倉島對遠山？那口味也太重了吧。』

同學們把這種狀況拿來開低級趣味的玩笑。

就是這種半開玩笑地散布謠言的行為，誘發了騷擾或欺凌吧。遠山瞥了一眼正在造謠的那群同學們，心想著真是低級趣味啊，嘆了一口氣。

「所以，你要說什麼？午休快要結束了，請你簡短一點。」

兩人走出校舍，移動到一個不顯眼的地方，面對面對峙著。

「你知道騷擾行為的犯人是誰嗎？知道的話就告訴我。」

倉島的口中說出了讓遠山意外的話，因為他原本以為倉島有參與騷擾行為。

「不，我不知道。我想上原同學也不知道。」

「那可是侮辱麻里花的混帳耶！為什麼不把他揪出來讓他謝罪呢？」

「因為上原同學不希望找出犯人，還有……不想弄個不好把事情鬧大啊。也不知道把對方逼急了會做出什麼事吧？」

「膽小鬼……麻里花她為什麼會對這種傢伙——」

「隨便你怎麼說，這是我和上原同學兩人一起決定的。」

「你有聽到剛才班上那些傢伙的對話了吧？現在我被懷疑是騷擾行為的主謀了。所以我要找出犯人，洗清嫌疑。並且要讓那傢伙給麻里花謝罪。」

「我能問個問題嗎？」

「什麼？」

「在我鞋櫃裡放紙條，還有在我桌子惡作劇的，是倉島你嗎？」

遠山單刀直入地問道。

「啥啊？我怎麼可能會做那種無聊事？犯人恐怕是嫉妒你的男生吧。這種事不用問我，反正你有證據，直接調查不就好了？」

「不……這件事不是你做的話那就好。抱歉懷疑你了。」

「哼，不管你怎麼樣我都無所謂。」

這麼說完，倉島便結束對話，轉身回校舍去了。

——紙條不是出自倉島之手啊。

既然知道倉島不是犯人，遠山也不打算繼續追究下去。

「糟糕，要上課了。」

下午課程的預備鈴響起，讓遠山回過神來。

——聊天群組到底是誰創建的……？

雖然說過不會尋找犯人，但因為倉島重新提起，讓遠山又不得不在意起這件事。

「還殘留著火種嗎……」

遠山低聲說了一句，便回到了教室。

放學後，遠山擔任圖書委員的值班工作，正在把歸還回來的書放回書架上。
遠山深切感受到，果然還是這裡最能讓自己平靜下來。
被書本散發出的獨特氣味、以及排列在書架上的書本包圍著，心靈就開始得到治癒。
待回過神，不知不覺間高井已經坐在座位上看書了。在圖書室內部作業的遠山似乎沒有注意到她已經來了。
遠山在圖書室裡不會特地去和高井打招呼。他就這樣瞥了一眼高井讀書的樣子，逕自從她身邊走過，回到了櫃檯。
在圖書室能讓他感到平靜的是書的氣味、排列的書本以及看著高井讀書模樣的時候。
「我想借這本書。」
過了不久，高井來到了櫃檯。
「歸還期限是兩週後。」
遠山做好借閱處理，把書遞了出去。
一如往常的互動。
「謝謝。」
高井說完並沒有接下書，而是拉起遠山的手。
「佑希你很努力喔，謝謝你保護了上原同學。」
然後高井接下書本，她留下感謝的話語後離開了圖書室。

是因為被高井誇獎的喜悅吧，遠山在無意識間露出了笑容，他自己並沒有發現。

「咦？高井同學要回去了？」

圖書室外面傳來似乎是上原的聲音。她大概是正好碰到走出圖書室的高井吧。

「遠山，讓你久等了！我來還書了哦！」

走廊傳來聲音後，上原就跑進了圖書室。

「剛才我和高井同學擦肩而過了，她到剛才為止還在這裡吧？」

「對，她借完書回去了。」

「嗯，我跟她擦身而過所以知道。我今天有點事所以沒辦法馬上過來，沒能和高井同學說到話好可惜。」

上原最近好像努力在和高井交好，不過高井似乎還沒有向她敞開心扉。

——但我感覺她的心扉似乎快要敞開了。

遠山想起高井說過希望他能保護上原，他不由得這麼想道。

自班會那件事之後，上原開始積極地接近遠山。

具體來說，肢體接觸變得頻繁。她挽住遠山的手的次數增多了，每當這時她的胸部就會靠上來。而且她不看地點，所以班上又開始傳出許多流言蜚語。

「遠山，下次放假要不要出去玩？」

放學後，上原找正在執行圖書委員業務的遠山說話。

「我目前正在工作中，而且圖書室嚴禁私下聊天喔。」

遠山讓言行符合圖書委員的形象。

「咦，聊一下又不會怎樣。現在只有高井同學在啊。」

遠山其實也不是那麼認真的人，實際上他覺得稍微說點話也無妨。

而且幸好圖書室裡只有高井在平常的座位上看書。

「……我知道了。那妳想去哪裡？」

最近上原常常邀他出去玩，遠山總是找藉口拒絕也覺得不好意思，所以這次決定接受她的邀請。

「咦？你可以來嗎？」

上原似乎以為這次也會被拒絕。可以看出她是以被拒絕為前提來邀請的。

「總是拒絕妳，我也覺得不好意思。」

「太好了！那要去哪裡？」

「妳沒有預定的目的地嗎？」

「沒有啦，我原本以為反正都會被拒絕，就沒有事先想好。」

看來上原果然是以被拒絕為前提來邀請的。

「那麼……要去看電影嗎？我有想看的電影，是動畫片，妳可以嗎？」

「動畫片也可以哦。說到目前上映的動畫片……難道是那部嗎？」

漫畫原作早已大受歡迎，電影票房收入也是歷年來第一的轟動大作。

「難道是《鬼討之劍》？」

遠山說出目前引發熱議的作品名稱。

「沒錯沒錯，我看過漫畫和動畫，還想著也要去看電影呢。」

比起小說，上原本來就是漫畫派的，有名的作品她當然都已經看過了。

「上原同學會看動畫，真令人意外呢。」

以上原的形象來說，遠山還以為她不會看動畫，不過他也覺得既然她可以接受輕小說，應該也不會討厭動畫吧。

「雖然平常我不太看動畫，但我喜歡《鬼討之劍》就看了。遠山你看過嗎？」
「漫畫我之前在網咖看完全套了。雖然我沒看過動畫，但我想看電影版的，說不定也算剛好。」
「太好了！那就這麼決定了。因為電影非常受歡迎，不早點預約會沒位子的，約下週日可以嗎？」
「好，我那天沒有其他安排，可以喔。」
沒有出遊對象的遠山，不論哪個週日都沒有安排。
「那麼，等預約到電影之後，再配合電影時程來決定集合時間吧。」
「說得對，等時間確定之後，妳再傳訊息給我吧。」
「嗯！我知道了！」
上原滿面笑容地回應道。看到她這麼開心的樣子，遠山深深覺得幸好今天沒有拒絕她。
在他們這樣對話的時候，遠山察覺到視線，從櫃檯看向高井，發現她正目不轉睛地看著遠山他們。
遠山的視線被上原擋住，所以高井看不到，以她來說很難得會去注意別人。
上原神情歡喜地跑到高井身邊。
「問妳喔，高井同學！妳知道《鬼討之劍》嗎？現在超流行的喔。」
「作品名稱我聽過，但沒看過，然後呢？」

「下次我和遠山要去看這部作品的電影，好期待哦！」

「是嗎，那看得開心點。」

和以前相比，兩人的對話更像樣了。

雖然上原說沒什麼進展，但原本只有一句的對話，增加為兩三句了，這算是相當大的進步吧。

與高井開心交談的上原，要是得知自己與高井是炮友的話會怎麼想呢？她會感到傷心嗎……？

就算思考那種事也沒有意義，遠山將這個想法藏到內心深處。

◇

與上原約好看電影的週日，遠山正慌忙地在房間裡做準備。

——慘了！沒有可以穿去赴約的衣服。

對穿著打扮漠不關心的遠山沒有適合外出的衣服。

遠山是第一次與女孩子單獨約會，因為至今一直與這種事無緣，所以他從沒有注重過穿著打扮。

雖然為了和高井做愛會去她家，但他們從來不曾一起外出過。

——算了，沒有的東西就是沒有，和平常相同的打扮就行了吧。

平常是牛仔褲配上長袖T恤，再套件連帽外套。

由他自己來說也覺得土氣。看著鏡子，遠山自覺到自己果然是個邊緣人。

——唉呀，快趕不上集合時間了。

遠山決定放棄服裝這一塊，離開房間往玄關走去。

「哥哥！你要去哪裡？」

當遠山在玄關穿球鞋時，菜希向他問道。

「我要去看電影。」

「咦？我怎麼都沒聽你說？」

「我要去哪裡應該不需要特地向菜希報告吧？」

「因為哥哥你是第一次在假日有事出門，讓人很在意嘛。」

心想這應該不是第一次吧，遠山面露苦笑。說不定菜希把她的哥哥當成家裡蹲了。

「我只是去看電影而已。」

「喔……那你是和誰去看？」

感覺告訴她之後，菜希會說她要跟著一起去。

「我也可能是一個人去看喔？」

「不肯說清楚就很可疑……難道是……大奶星人？」

在菜希的心裡上原似乎就是大奶星人。

「別叫她大奶星人，是上原同學。」

啊，糟糕……他自己招供外出對象了。

「啊，果然是這樣！菜希也要一起去！」

和猜想的一樣，菜希說要跟著一起去。

「只有預約兩個座位，菜希妳就算跟來也沒辦法看喔。」

「啊——好狡猾。」

雖然菜希很不滿的樣子，但再和她糾纏下去就要遲到了。

「好啦好啦，下次我會帶妳去，妳今天就忍耐一下吧。」

「唔……我忍耐。」

那副任性的嬌態讓人不覺得她是初中生，還只是個小孩子。

「我快遲到了，先走啦。」

這麼說著安撫菜希之後，遠山急忙奔向車站。

距離電影院附設的購物中心最近的車站剪票口前，遠山與上原約好在這裡集合。

穿越剪票口，往集合地點走，那裡站著一位特別顯眼的女性。說到染燙著明亮色系的大波浪捲髮，擁有豐滿胸部的美少女，除了上原之外別無他人。

——嗚哇……上原同學超引人注目的耶。

上原說到底就是個超級美少女。那華麗的外貌吸引路人的目光，備受矚目。

與她相比，遠山是這麼地土氣。

——我有點想回家了。

他用這副模樣和上原並肩而行的話，又是另一種意義上的顯眼了。遠山與上原是多麼地不相配啊。

話雖如此，因為平常都穿著制服所以沒有特別的實感，便服打扮的上原是真的很可愛。

這就是社交圈頂層嗎……上原的好友相澤雖然類型不同，但也是美少女。

——唔……好難上前打招呼。

「遠山！這邊啦，這邊！」

上原發現了因為她壓倒性的存在感而畏縮不前的遠山，隔了一小段距離向他喊道。

周圍的路人對上原的行動有所反應，將視線集中到遠山身上。

這樣的話就不得不前進了，遠山做好覺悟後往上原身邊走去。

「上原同學，妳等很久了嗎？」

「還沒到約定時間，沒關係的。」

「那就好。話說……上原同學妳那身打扮好可愛耶。」

一字領的女襯衫和花卉圖樣的褲裙、加上楔形涼鞋的時尚穿搭。露出肩膀且胸口大敞，由擁有豐滿胸部的上原來穿這套服裝，破壞力十分驚人。

「真的嗎？欸嘿嘿……被你說可愛我好高興。」

上原乍看之下讓人感覺華麗且難以接近，但她的說話用詞和內在都很普通，非常平易近人。

「剛剛從遠方看時，妳是這一帶女性之中最可愛的。」

毫無虛假，上原是這個車站周邊最閃耀的存在。

「被你誇成那樣……好像讓人有點害羞。」

羞怯的上原雙頰泛紅，似乎很難為情地微笑著。

「話說遠山你真的很習慣和女生相處呢。一般來說是不會直接說那種話的哦？」

我不清楚同年紀男生的標準在哪，所以不知道自己算不算習慣和女生相處。不過既然她本人都這麼說了，說不定我就是讓她覺得很習慣和女生相處吧。

「我不太清楚其中的區別呢。我只是因為覺得可愛，就實話實說罷了……而且我覺得相較之下我太樸素了，與上原同學不太相配。」

「沒、沒那回事哦。」

「我平常不太在意穿著打扮，只有這種衣服……」

平時不在意他人目光的遠山，一旦像這樣與上原站在一起，似乎就在意了起來。

「確實有點樸素呢。現在是初春，你卻渾身上下都選暗色系。只要選些像是春天般的明亮色調就行了哦。」

注重穿著打扮的上原，立刻舉出問題點。

「啊，對了！反正離電影開始還有時間，要去看衣服嗎？我幫遠山搭配穿搭吧。這邊也有像FU－GU這種便宜品牌的店鋪，去看看吧。」

因為機會剛好，遠山決定接受上原的提議。

「說得也是，那就稍微看看吧。」

「好！」

在那之後，兩人到處逛了各式各樣的服裝店，配合預算，他們前往可以用便宜價格買到衣服的FU－GU，在店內四處物色。

「這件主廚褲不錯呢，和這件夾克搭配起來簡單俐落，也很適合遠山哦。內搭的衣服像現在你穿的長袖T恤就行了。」

不愧是上原，有條不紊地挑選出適合遠山的穿搭。

「褲子五百九十日圓……很便宜耶。夾克也只要一千五百日圓，都買下來好了。」

像這樣挑選衣服時，就會變得有點注重穿著打扮，真是不可思議。

由於要和上原出門，就會覺得擁有一套時尚的衣服穿搭會比較好。

「嗯，我覺得很好喔。挑選合適的尺寸來試穿看看吧。」

遠山在試衣間換穿由上原幫忙挑選的褲子和夾克，接著他膽怯地打開了試衣間的門。

「這樣如何？我覺得尺寸應該剛好。」

「嗯，尺寸剛好，應該不需要再修改褲長，我覺得很適合遠山，不錯喔。」

「那我就買這些吧。」

這樣一來，他就擁有一套外出時不會覺得丟臉的穿搭了。

「那麼，你就換穿買來的衣服，今天來約會吧。」

今天的活動對上原來說，果然算是約會啊。

「說得沒錯……我買了之後到廁所換吧。要我在這邊直接穿著出去還真有點害羞。」

「啊……仔細一想，這雙球鞋不是很搭呢。這裡也有賣鞋子，去看看吧。」

鞋子不搭的話，就會變成不協調的搭配，反正都要買那就一次買齊全吧。

如果穿上原挑選的衣服，和她站在一起時就不會太格格不入。上原是美少女，遠山卻很土氣。不相配的地方在於與生俱來的基礎不同，所以無可奈何。這個問題是沒辦法用衣服來掩飾的，只能放棄，但是能夠努力的地方還是要盡量改善，遠山心想。

結完帳，遠山到廁所換好衣服，看著洗手間的鏡子。

——嗯，比起原本的牛仔褲和連帽外套要好得多了。

遠山出現在廁所外頭等候的上原面前。

「遠山，還不錯嘛。嗯，你適合簡單俐落的明亮色系穿搭。如果再剪個頭髮會變得更出色喔。」

遠山的瀏海長度長到蓋住眼睛，看起來應該很土氣吧。

「這麼說起來，我剛剛在商場內有看到千圓快剪店，到那邊請他們剪頭髮吧。我來跟理髮師說要剪成什麼風格。」

大概是不小心點燃了上原的穿搭魂，她十分熱中於幫遠山改變形象。

「不過，時間還夠嗎？」

「千圓快剪店只要十五分鐘左右就能剪好，只要沒有其他客人在等，我想沒問題的。」

幸運的是千圓快剪店的理髮店中沒有其他客人在等候，立刻就能幫忙剪頭髮。

旁人看來宛如是女朋友在指示要幫男朋友剪怎樣的髮型，年長的女性理髮師對此似乎感覺有趣地微笑著，讓遠山有點羞恥。

「嗯，頭髮也俐落多了，和衣服搭配起來有種整潔感，感覺變得清爽多了呢。」

上原說，千圓快剪店的理髮師接待過許多客人，技術相當好。她對這一方面真的知道得很詳細。

「雖然還是不相配，但這樣走在一起時，就不會讓上原同學丟臉了。」

「你不用在意那種事情。不管什麼打扮，遠山就是遠山啊。」

被騷擾一事也帶來了影響，既然與上原扯上關係，他就得做出相應的努力才行，不然會重蹈覆轍。

「雖然妳這番話讓我很高興，不過那是因為上原同學妳多少認識我這個人啊。不認識我的人看到我和上原同學待在一塊，會想著『為什麼是跟那種土氣的傢伙在一起』喔。」

這麼一想，校園社交圈在某種意義上可以說是正確的。注重言談，在時尚穿搭上花心思，與磨鍊過己身容貌姿態的同伴們組成小團體。

只不過那個小團體會看不起其他人，這是不可取的。可是，不努力的人只會得到與其相應的地位，遠山正是如此。

不過，上原將那個社交圈開了個口子。她沒有看不起遠山和高井地走到他們身邊。

「明明沒辦法用外表來判斷他人的啊。」

「雖然的確是如此，不過會害得上原同學被捲入騷擾事件，我很土氣也是其中一個理由。雖然遺憾但事實就是如此。」

「遠山你很實事求是呢。」

「我只是很乖僻而已啦。」

「不過你今天也配合著我願意做出改變了吧？像這樣逐漸走近的感覺讓我很開心喔。」

只要有彼此互相走近對方的精神在，就能和平共處吧，不過那是理想論，他很清楚在實際上是行不通的，所以才會想在自己能夠配合的範圍內去努力。

和上原變得親近之後，自己也必須有所改變，遠山如此想著。

多虧做了選衣服、剪頭髮這些事，時間轉眼流逝，電影開始的時間也近在眼前了，遠山他們往電影院走去。

「哇，人好多。」

一進到電影院，裡頭人潮擁擠，看到這副盛況上原驚呼道。

大概都是為了看熱門的電影而來的吧，有帶著小孩的家庭組、情侶檔、朋友群和單獨前來的人等各種客層，可以了解這部作品相當受到歡迎。

「不愧是造成話題的熱門作品呢，聽說不事先預約就絕對等不到位子喔。」

從自動售票機拿到電影票，他們走向上面指定的影廳。

「遠山，是這裡的並排座位喔。」

座位前方剛好是通道，不會被前排客人的頭給擋到，感覺能舒適地觀看電影。

「妳選了好位子呢。」

「對吧！快誇誇選對位子的我。」

上原得意地欸嘿一聲，挺起那豐滿的胸部。

「上原同學了不起啊了不起。」

「欸嘿嘿，被遠山誇獎了耶。」
上原似乎真的很開心，遠山也被她影響，莫名地開心了起來。
沒過多久，影廳內燈光轉暗，開始播放電影預告。
電影預告播放時，代表電影接下來即將開始，是最令人開心興奮的瞬間了。
「燈光轉暗開始播放電影預告時，最讓人期待了呢。」
上原似乎也是相同的心情，開始心思浮動著。
電影預告結束後，電影正片終於要開始了，讓期待感更被拉高。
影廳內的燈光變得更暗，故事即將開始。
電影螢幕往左右展開，故事以大音量的戰鬥場面開始。
打從開場就是充滿魄力的戰鬥場景，讓人心頭為之雀躍。

接著故事進入佳境。
立於鬼伐組頂點的壁，單槍匹馬成功地打退強敵。但是因激烈的戰鬥負傷，他的性命垂危如風中殘燭。
壁把可以說是自己生命的劍託付給主角。
『把這把劍交給我弟弟……拜託你……』
主角點了點頭，沉默地收下了那把劍。

『我一定會交給他……』

壁心滿意足般地微笑後，手從劍上滑落。

『——唔！……一定。』

鬼伐組最強的一個角色——四壁死亡這件事，遠山看過原著漫畫早就知道了，不過有魄力的影像配上聲優逼真的演技，讓心被緊緊揪住，是極為出色的一幕。

「咕嘶……」

可以聽見隔壁緊盯著大螢幕的上原發出了啜泣聲。影廳內的觀眾哭聲也開始擴散開來。

其實連遠山也都是眼眶含著淚水。

——這、這叫人不哭還比較難。

正當努力忍著不要讓眼淚流下來時，遠山的左手忽然被溫暖的觸感給包覆住。

原來是上原將自己的手疊在遠山的手上了。坐在隔壁的她臉頰已經被眼淚濡濕，淚滴反射大螢幕發散的光芒而閃耀著光輝。

好美——

看著上原側臉的遠山，腦海中只能浮現這個詞語。

遠山看著上原的側臉看到入迷，甚至忘記要看電影。

故事迎來結局的時候，遠山與上原已經是十指交握地牽著手了。

兩人在播放片尾名單時依然手牽著手。

而後影廳內漸漸轉為明亮，觀影的客人們喧鬧地開始說起話來。

遠山與上原安靜地沉浸在故事的餘韻之中。

「遠山……太好了啦！」

一陣沉默之後，上原宛如從夢中世界回到現實般，用明顯的鼻音對遠山說話。被淚水與鼻水濡濕，讓上原的美少女形象全都垮掉。

「等、等等，上原同學……妳先擤個鼻子吧，來。」

遠山遞出袖珍面紙包後，上原抽出一張，用力地擤了擤鼻子。

——美少女也會擤鼻子啊……

遠山心懷著這種理所當然的感想。

「上原同學妳已經可以走了嗎？」

經過數分鐘後，看上原心情已經冷靜了不少之後，他試著詢問道。

「嗯，我沒事了。我的妝有些花了，要去廁所補一下。」

上原與在學校時不同，稍微畫了點妝。她即使是素顏也非常可愛了，但可能還要配合打扮來化妝之類的，應該與只有女孩才懂的東西有關吧。

「那就走吧。」

遠山這麼說完，上原催促著遠山讓原本分開的手再一次地相繫。

——算了，也好。

遠山與上原再次牽起了手，一起走向化妝室。

「我待在這邊喔。」

「好，我應該要花點時間。」

「我在那邊的長椅上坐著等妳，妳慢慢來沒關係。」

遠山在通往化妝室的路前停下腳步，往沒有人坐著的長椅一瞥。

「我知道了，那我去去就來喔。」

上原不捨地放開與遠山相繫的手，在通往化妝室的通道深處消失了身影。

「唉……總覺得有點糟糕……」

想起剛才與上原像是情人般地十指交扣，遠山忍不住嘆了口氣。

「而且感覺好熱啊……都已經是初春了，還開著暖氣嗎？」

遠山的手裡還殘存著上原的手的觸感與熱度。他沒發現那股熱度在自己的內心燃起了火焰，讓身體跟著發熱起來。

遠山坐在長椅上，用手機邊看著小說，邊等待上原。

「咦！遠山？」

無法專心看書的遠山突然被叫了一聲，嚇得身體一震，轉頭看向傳來聲音的方位。

「咦？」

那裡站著的是四個班上的同學。

「啊，果然是遠山。你看起來俐落有型，有一瞬間我還以為是別人。」

「奧、奧山同學？而且小嶋同學也在……」

他們是劫持班會的隔天，找遠山搭話說他對遠山改觀了的奧山翔太，以及他的女朋友小嶋理繪。這兩人是班上公認的班對，兩個人在一起並不奇怪。

「我們是和大家一起來看電影的。」

——倉島！

奧山往身後一瞥，後面是倉島和石山沙織。

石山有著一頭長直黑髮、相貌端正，是位高個子的標準型美人。

「原、原來是這樣啊……」

偏偏在這裡遇到倉島……幸好不是和上原一起時被他撞見，遠山鬆了一口氣。

「那遠山你是來買東西的嗎？」

「那個……我也該說是來看電影的吧……」

不知上原何時會回來而提心吊膽著的遠山，對於奧山的提問回以含糊不清的答覆。

「難、難道遠山你也是來看《鬼討之劍》的嗎？」

「對、對啊。」

「喔喔！那你已經看完了嗎？我們是剛剛才看完的。」

遠山本想快點中斷對話，讓話題趕快結束，結果反而讓對方聊得更起勁，他後悔自己選錯了回答。

「我們也是剛剛才剛看完而已，說不定大家都是同一時段的電影放映時間喔。」

「我們？難道說遠山你正在等著誰嗎？從剛剛開始你就心神不寧的，好像在擔心著什麼一樣呢。」

——慘了！

遠山被察覺到有其他同行者，被奧山抓住這點追問，真是自掘墳墓。

本想設法快點結束對話，避免讓上原與倉島見到面，但遠山本身並沒有那樣的口才。

「啊，不是……電影很好看呢。」

「遠山……你怪怪的呢……難道你在約會嗎？」

遠山試圖轉移話題，結果反而卻被懷疑起來，遠山對自身的溝通能力之低感到痛恨。

「啊～確實頭髮變清爽了，打扮也變時尚，和在學校時的遠山有點不同呢。」

奧山的女朋友小嶋似乎很快地就察覺到遠山的形象變化。

「真的耶。這樣就更可疑了呢……你偷偷只告訴我一個人也行吧。」

這麼說著，奧山把手搭上遠山的肩膀，不知為何似乎很開心。

「翔太，別管那種傢伙我們走吧。」

至今都待在奧山與小嶋身後默不作聲的倉島，毫不隱藏他的不悅，這麼揚言道。

對遠山來說反而是值得感謝的一句話。

「喂喂，和人，你也不用那麼刻薄吧？難得偶然遇到同班同學，就好好相處啦。」

——不用好好相處也沒關係，你們快點走。

上原回到這裡只是時間的問題。在那之前遠山不管用任何手段都必須和這幫同學分開，所以奧山的關懷算是好心幫倒忙。

於是遠山利用不受歡迎的情況順勢反擊，下定決心打算要離開此地。

「我好像不受歡迎呢，那我還是去廁所——」

「遠山，久等……」

「去廁所好了」這句話才說到一半就來不及了，上原回來了。看來他的行動慢了一步。

「咦……理繪？和人也在……」

「麻里花？怎麼會……」

看見上原的身影，倉島露出驚訝的表情，那句話中有掩不住的失落感。

「呃……這是什麼情況呢？」

還不太能把握現況的上原，喃喃說著沒有要給誰聽的話。

「大家一起來看電影，偶然遇到遠山，最後發現他在等的人原來是上原同學。」

對於現身的是上原這件事沒有感到特別驚訝，奧山把現在的狀況對上原說明。

「不過，沒想到遠山的約會對象是麻里花耶……」

與上原關係好的小嶋略顯吃驚的樣子。

「我、我們當然不是在約會……對、對吧？上原同學？」

「呃……對、對呀對呀，只是來看電影而已……嗯……」

遠山為了掩飾害羞而尋求上原的支持，聽到他這麼說，她的臉上浮現哀傷的表情，話尾像是要消失般地微弱不可聞。

「遠山，你還是多了解一下少女心比較好喔。被你否認是在約會，上原同學看起來變得有些消沉喔。」

看見上原的樣子，奧山似乎察覺了什麼，他再次與遠山搭起肩膀，走到稍微有點距離，其他人聽不到他們說話的地方，用認真的眼神對遠山說道。

「可是，我們真的不是那種關係……」

「我說啊，就算遠山你不是這麼想，但對方卻說不定覺得這是約會而樂在其中喔？要是如此，你若不同樣當成是約會，你不覺得對對方來說很沒禮貌嗎？還是說，你和上原同學是勉強的約會嗎？」

「勉強……沒那回事，我很開心喔。」

「要是如此，那就不需顧慮，堂堂正正地開心約會吧。我想只要這樣，上原也會感到開心的。」

奧山敏感且游刃有餘地明瞭微妙的女性心理，果然有女朋友的人和自己不同，比較懂得女人心，遠山深刻地體會到。

「這樣嗎……你說得對呢。」

「遠山你之後要好好照顧上原同學喔。」

這麼說完，奧山鬆開原本搭著遠山肩膀的手。

「好、好哦……我知道了！奧山同學謝謝你。」

背對著聽到遠山的話，奧山舉起單邊手，邊揮著手邊回到小嶋他們身邊。

「那麼，我們這些電燈泡就撤退了喔。」

奧山和小嶋這對情侶，對遠山與上原的關照很顯而易見。

「打擾他們兩人也不太好，我們走吧。好嗎，和人？」

始終默不作聲的石山拉著失神的倉島的手，快速地離開了遠山他們身邊。這時的倉島對遠山投去了混雜著嫉妒與憤怒的敵意。

「之後學校見，我們走啦。」

奧山和小嶋這麼說完，追在石山和倉島身後離開了，剩下的遠山和上原在尷尬的氣氛中，無言地站著不動。

「呃……上原同學，總覺得很抱歉。」

被留下來的兩人之間流動著微妙的氣氛。遠山想起剛剛奧山對他說的話，於是向上原道歉，但她卻轉頭不看他。

「遠山你不需要道歉啊，只有我一廂情願地認為我們是在約會而已。」

上原很明顯地在鬧彆扭。

「真的很抱歉。那個……我是第一次約會，又被認識的人看見，讓我太害羞了，才會忍不住動搖。」

看到上原不開心的樣子，遠山慌張地找藉口解釋。他還是第一次遇到有女孩子在他面前生氣，於是拚命想辦法哄她開心。

「遠山你和女孩子一對一時明明平靜自若，但和平常不怎麼來往的小團體互動時，一下子就不行了呢。」

「實在慚愧……不過雖然我在大家面前不小心那樣說了，其實我也覺得是約會，今天非常開心喔。」

「真的嗎？如果只是想掩飾害羞的話我就原諒你。而且知道遠山你的初次約會對象是我，我好開心……」

遠山跳過約會這一過程，直接到達與高井的床上行為，導致他無法順利對應像今天這種突如其來的事態，才會讓上原感到不高興。

但是當上原得知遠山是第一次約會後，心情馬上就變好了，笑容回到了她的臉上。

「電影超好看的。我感覺從中間開始就一直哭個不停。」

和奧山等人分開之後，遠山和上原兩人在購物中心四處閒晃，邊聊著對電影的感想。

「那種演出方式真是讓人不哭才難啊。聲優的演技與背景音樂都很出色，我也被感動了哦。」

確實從壁的死前時刻開始，他記得上原就開始啜泣了。

遠山也為了在高潮場面時忍住在眼眶打轉的淚水，費了好一番工夫。

「真的，完全就是為了要讓觀眾哭而安排的劇情發展。」

那個場景是只有動畫才有辦法展現的演出方式。

「吶，我渴了，而且也想再看一次《鬼討之劍》的漫畫。我們去遠山你之前提過的網咖吧？那裡有全套漫畫對吧。」

遠山偶爾會去的網咖就在附近，也有開放座位區，在那裡休息是個好主意。

「那我常去的網咖很近，去看看吧？」

「贊成——！」

遠山和上原想邊休息順便看漫畫，於是決定去網咖。

「我沒去過網咖，好期待！」

上原這麼說著，挽住遠山的手臂，催促他趕緊出發。

今天的上原對一切都很樂在其中，不管做什麼都用全身表達出歡喜之情。和她在一起，遠山也覺得自己的心情受到鼓舞。

「哇～既寬敞又漂亮呢。」

上原環視美麗的開放座位區，似乎很驚訝有如此寬敞。

說到網咖，總是有種髒兮兮的印象。這間網咖為了能讓女性客人也能放心使用，店家想必有特別用心過。

「哦……還準備了各種料理。義大利麵、咖哩、拉麵……好像KTV店一樣。」

上原開心地看著貼在店裡的POP廣告和海報。

這邊也有KTV，遠山曾聽說過這裡有提供KTV加午餐的配套方案。

「嗯……要選露天咖啡座嗎？」

遠山指著可以自由移動座位，咖啡廳形式的開放座位區價目表，徵求上原的同意。

「我想選這個。」

遠山轉而確認上原指著的價目表。

——雙人包廂？

「嗯？為什麼選包廂？」

「咦～因為我想在安靜的地方和你慢慢說話，而且我對包廂很好奇。」

「那、那也是可以啦……那妳要選哪種？」

有需要脫鞋、可以伸展雙腳並附有坐墊的平底座位，或者直接穿鞋就可利用的附沙發房間兩種可以選。

「我選平底座位！」

上原立刻答道。

「那、那就選平底的吧。」

「我們要情侶包廂，然後平底座位。」

男性工作人員瞥了一眼上原之後，再看了看提出要使用情侶包廂的遠山。這是總會出現的「那個」啊。對與上原同行的遠山進行類似價值估算的行為。

平常，人對於對方有什麼想法的話，也不會做任何事。但是世間不只有這種人。所以由於嫉妒所產生的怨恨火種不只是學校有，不管去到哪裡都會揮之不去。

遠山拿到單據後，快步走向包廂。

「包廂是在下面的樓層，從那裡的樓梯下去。」

「啊，遠山等我一下。我要把《鬼討之劍》的漫畫一起帶過去，我去找找。」

「漫畫的話，在那裡喔。」

遠山指著熱門漫畫專區。

「咦？只有到第十集而已耶。」

第十一集以後都沒有，經過上原詢問，似乎是被借走了。

「第十一集以後說不定被人借走了，之後再確認吧。」

「嗚，可惜。那再把飲料拿過去。」

上原相當貪心，打算把漫畫和飲料一口氣拿過去。

「拿不了那麼多的，放完書再過來一趟吧。」

一邊像這樣對話，遠山他們一邊往包廂移動。

「嗚哇……這間包廂超乎我的想像耶。」

一進入包廂，上原就發出驚嘆聲。

上方空間是開放的，並非完全的包廂，在平坦地板上放著沙發，基本上可以在上頭打滾。遠山覺得用來打個盹是滿合適的，卻不太適合長時間看漫畫。

「叫做情侶包廂感覺可以用來做色色的事呢。」

其實也有情侶用來做那種事，遠山曾聽說過。

「雖然似乎也有人把這裡當成愛情賓館來使用，不過天花板有裝監視器，我想應該不行哦。」

上原抬頭看向天花板，似乎在找監視器。這間網咖裡有好幾處天花板裝著小型的半球形攝影機。

「啊，是那個嗎？有點透明還圓圓的那個。」
「對，我想那就是監視器喔。」
「我們都被看光光了呢。」
「正是如此。這裡有人住宿，似乎也經常發生竊盜呢。光是設置監視器，應該就能起到防止犯罪的效果了吧。」
實際上在網路咖啡廳本來就常發生竊盜事件，似乎還有很多犯罪行為，所以不只是設置監視器來防止犯罪，沒有完全隔成包廂也是同樣的考量。
「這台電腦可以使用嗎？」
第一次來網路咖啡廳而充滿興趣的上原，向遠山提出各種疑問。
「電腦可以用來找資料，也可以看影片，也可以玩遊戲，基本上是可以自由使用的喔。」
「嗯……你看，有個感覺有點色情的圖示耶。這是什麼？」
「什麼呢？應該是寫真偶像之類的宣傳影片吧。」
遠山他們都還未成年，成人向相關的都不能看。
「稍微看看吧。」
這麼說完，上原操控滑鼠點擊了圖示。
啟動應用程式之後，似乎可以看到各式各樣的寫真偶像的宣傳影片。

「遠山你喜歡哪個女生？」

視窗中陳列著寫真偶像的照片與簡介一覽，上原問遠山喜歡哪個女孩子。

上原眼睛發亮地等待著遠山的回答。

遠山沒有想過自己喜歡的女性類型。

他對這些寫真偶像感到抱歉，因為他覺得上原比她們可愛好幾倍。連身材她都與寫真偶像並駕齊驅。

所以遠山決定實話實說。

「呃……我不太清楚自己的喜好……不過上原同學妳比她們可愛好幾倍哦。」

「又、又說那種讓人害羞的話了……真是的……遠山你是天生如此吧。」

「什麼天生如此？」

「天生的花・花・公・子！」

聽到她這麼說，遠山疑惑以自己的容貌要怎麼做到那種事。

「我長得這麼不起眼要怎麼做到那種事啊？」

「遠山……聽我說，這和外貌沒有關係哦。也有那種臉長得好看，但個性臭得像大便的人吧？」

形容成臭得像大便，上原的嘴出乎意料地壞呢。

「也、也是啦，也有那種人呢。」

遠山想起班上的某人，露出苦笑。

「我已經學到了，男人不能看臉，要看內在……那個時候真的是經驗尚淺不懂事啊，我已經反省過了。還有啊——」

上原熱烈地談論起男人話題。

「——就是這樣喔。」

由於她講了很久，遠山沒什麼在聽。感覺有一半以上都是在講上原的理想男性類型。

「這、這樣啊。我也不是很懂呢。」

可能是看完電影興致還很高昂吧，今天的上原相當健談。

「還有——」

「我、我渴了，去拿個飲料哦。」

遠山打斷還想繼續說話的上原，沒等她回答就站了起來，打算離開房間。

再放任她說下去，感覺光是聊這個話題就會把時間用完了。

「啊，我也去。」

「那麼要記得把貴重物品帶在身上哦。」

就算繼續聽上原說她的理想男性類型，遠山也不知該作何反應，他鬆了一口氣。

走到飲料吧前方的上原，眼睛發亮。

「哇啊，種類比簡陋的家庭餐廳的飲料吧還要更豐富呢。」

從清涼飲料到茶包，以及自助霜淇淋機都一應俱全。

上原已經拿了三種飲料還有霜淇淋，將其盛放在托盤上。

「反正是免費的，就會想多喝幾種看看呢。遠山你要喝什麼？」

遠山心想飲料吧有包含在費用之中，所以應該不算免費，但他不會說這種不識趣的話。

「呃……我喝可樂。」

上原拿了新的杯子，開始盛裝可樂。

「我要去洗手間，遠山你先拿著飲料回房間吧。」

「我知道了。妳還記得房間號碼嗎？」

「嗯，我還記得。」

「那我先回去了哦。」

與上原分開後，遠山拿著盛裝在托盤上的飲料回到了包廂。

應該是電影相當精彩的關係，看完電影之後，他感覺上原的興致一直很高漲。

「也好，她開心的話就好了。」

遠山用包廂的電腦開始搜尋網咖裡收藏的漫畫書目。

「說起來……應該有新書發售了吧？」

從搜尋結果可以得知好像有幾本想看的新書出書了，等等再去找吧。

他面對著電腦繼續搜尋時，聽見包廂門打開的聲響。

「上原同學回來啦。」

應該是上原回來了吧，遠山保持著面對螢幕的姿勢，向她招呼了一聲。

碰咚地響起了關門聲後，他整個背後被某種溫暖且柔軟的物體給包覆住。

原來是上原從背後以雙手環抱住了遠山。

「上、上原同學？」

柔軟的觸感從背後傳來，還有上原身上的美好香味。兩人貼近得足以感受到她的心跳聲與鼻息。

「我說遠山啊……我在學校也有挽過你的手，你都毫不動搖呢。我身為女性難道那麼沒有魅力嗎？」

在遠山的耳邊，以近到可以感受鼻息的距離，上原輕聲說道。

「才不是……那樣、哦，上原同學妳非常有魅力。」

「騙人，你總是不為所動。」

他說的是真的，證據就是遠山現在十分動搖。

上原身體的溫暖，與洗髮精或香水不同的好聞氣味，貼在背上的豐滿胸部觸感，在在對遠山來說都十分刺激。

上原的身體帶有肉感且柔軟。高井雖然纖瘦柔軟，卻又不及上原。

遠山多虧有高井在，對女性稍微有些免疫力。所以在學校這種公共場所中，他就算和上原有肌膚接觸也可以招架得住。

不過，在這間包廂裡，受到充滿魅力的上原親密接觸的遠山，光是要保持理性就已經竭盡全力了。

遠山是個擁有正常性慾的男高中生。即便有高井這個倚恃，再這樣下去，要是對上原起了反應，他很可能無法拒絕她。

不缺乏性愛，和現在的性欲不能一概而論。

「上原同學，會被監視器照到哦。」

這麼告訴她後，上原從他的背後離開。遠山不能否認自己感到戀戀不捨。

「遠山，給你造成困擾了，抱歉。」

回過頭就看到上原感到很抱歉般地低著頭。

「不，沒關係。我明白上原同學的心情。」

遠山沒有戀愛喜劇的主角那麼遲鈍。

他知道上原對自己抱有好感。要是她沒有採取任何行動，遠山應該會一直假裝沒有發現。

可是上原她像這樣毫不隱藏好感並做出了行動，那他再假裝沒發現就是沒有誠意了。

只是遠山不清楚這是不是上原一時的迷惘。
說不定是承受誹謗中傷時造成的吊橋效應之類的。
「遠山……你討厭我嗎？」
上原缺乏自信地喃喃問道。
「要是討厭的話，我現在不會和妳在一起哦。」
「說得也對……那我稍微期待一下也可以吧。」
上原的這句話是對遠山提出的疑問呢，還是她的自言自語呢，遠山難以判斷。
所以遠山沒有肯定也沒有否定。不對……應該說沒有辦法才對。
「啊哈哈，感覺氣氛變得有點沉悶，抱歉啊。難得看電影看得那麼開心……來看帶進來的漫畫好了。」
上原努力表現得開朗，試圖挽救現場的氣氛。
「我也有想看的漫畫，我去找找看哦。」
遠山判斷暫時離開現場，重新調整心情會比較好，於是離開了包廂。
「呼……」
遠山做了深呼吸，努力讓自己冷靜下來。
其實被上原主動進攻，他的心臟因此怦怦作響，被她如此貼近，導致他興奮了起來。
——這也是沒辦法的吧。

被上原主動進攻還能無感的男人幾乎不存在吧。
遠山為了讓心情冷靜下來，一邊尋找漫畫，一邊消磨時間。
之後遠山回到了包廂，若無其事地和上原聊些平淡無奇的事情，度過了時間。
由於在網咖長時間地停留，今天的行程就這麼結束了。
遠山和上原是走不同的路線回家，在車站前就要分開行動了。
「遠山，今天很開心哦。下次再出來玩吧。」
「我也很開心啊。謝謝妳幫我挑選衣——」
出乎預料的突襲。
上原的嘴唇輕輕碰觸了遠山的臉頰。
在往來人潮眾多的車站前，上原大膽地親吻遠山的臉頰。
「晚安！」
滿臉通紅的上原逃走般地跑向了車站。
遠山用手捂住臉頰，呆呆地目送上原跑走的背影。

與上原分開之後，遠山往高井家走去。
今天他沒有和高井約好要見面。
遠山被上原主動進攻而興奮起來，一直無法解決需求。要是沒有對象的話，他應該會用自慰來平息慾望吧。

不過遠山身邊有互利關係的高井在。遠山想見她，所以往她家走去。

遠山在高井家前面發送了手機訊息。

『我在高井妳家前面。現在可以見面嗎？』

佑希與上原一起去看電影的那天晚上，高井安靜地待在自己的房間裡。

本想念書而坐到書桌前，卻沒辦法專心，轉而開始看閒書卻也不能集中精神，最後躺在床上什麼也沒做。

──說不定他們兩人正在……

佑希與上原現在說不定和高井總是在房間做的事一樣，彼此正緊緊相擁著。

一想到那種事，高井莫名地感覺到寂寞，她把手伸向下半身，隔著睡衣觸摸重要部位。

「啊……」

滋──！滋──！滋──！

正當高井開始自慰時，手機的震動聲刺耳地響起。在集中精神下的高井被邊桌上手機的震動給嚇到，身軀大大地震了一下。

她慌張地拿起手機確認，畫面顯示是佑希傳來訊息的通知。

『我在高井妳家前面。現在可以見面嗎？』

本該和上原去看電影的佑希傳來訊息，突然來到了高井家。

高井慌忙地從床鋪起身，快步走向玄關。

「佑希，你剪頭髮了，而且變得很時髦。」

現身在高井面前的佑希剪了頭髮，穿著簡潔時尚，外型變得好看。

「啊，對啊……我的打扮太寒酸了，上原同學看不過去就幫我重新安排穿搭了。」

佑希的形象變得俐落有型，非常適合他。

可以看出上原很了解佑希，她很用心地幫他搭配。

「是嗎……非常適合你。」

「啊，謝謝。高井妳這麼說讓我很開心哦。」

受到高井稱讚，佑希發自內心地笑了。

「抱歉突然來拜訪，我突然很想見妳。」

佑希會主動尋求高井，常常是在內心受到某些刺激以後。說不定是和上原之間發生了什麼吧。

即使如此只要佑希尋求，高井就會回應，不需要理由。那就是佑希與高井的關係。

「沒事，現在沒人在所以沒關係。我也正想見佑希。」

被佑希說想見自己，高井很開心，她忍不住也回答說她也想見他。

佑希驚訝得雙眼圓睜，應該是沒想到高井會說那種話吧。而高井說出這種話之後自己也

嚇了一跳。

受到上原的刺激早已亢奮起來的佑希，以及剛剛還想自慰的高井，兩人比平常還要興奮，做出比平常更激烈的性愛行為。

斜眼看著因疲勞而在旁邊睡著的佑希，高井思考著。

逐漸改變的佑希，以及帶來這種影響的上原，讓人忍不住覺得他們兩人是很相配的一對。

——佑希如果和上原交往應該會很幸福。

總是得到佑希的幫助，卻沒辦法回報對方，高井又討厭起這個空虛的自己了。

◇

佑希與上原約會隔天的午休，高井像往常一樣獨自安靜地看書。

但是今天她沒辦法集中精神在書本上。

『遠山和上原好像去約會了哦。』

『咦咦？騙人的吧？』

『可惜應該是真的。聽說他們在購物中心約會時，被石山他們給偶然撞見了。』

『真的假的……那天班會時我就覺得可疑了，果然這兩個人已經在一起了……』

『他們應該已經做過了吧？』

『不要說那個啦……光是想像我就沮喪了啦……』

高井不能專心看書的理由是，像這樣的對話不管到哪裡都能聽見。

高井簡單地就能想像，在班上人緣很好的上原和佑希約會的這種傳聞，會讓班上的男同學們受到多大的打擊。

雖然高井平常不會去在意同班同學的對話，但聽到謠傳的內容，高井就和其他男同學一樣，無法掩飾動搖。證據就是她正在看的書的內容完全讀不進腦袋裡。

高井看向幾個同學圍成一圈談笑著的佑希所在的小團體。

是因為謠言內容被揶揄嗎，佑希露出了困惑的表情，上原的舉止雖然像在否認，但她臉上浮現了開心的表情。

看見上原那樣的笑容，高井感受到至今從未體驗過的胸口被緊緊揪住般地呼吸困難和痛楚，心情鬱悶。

——這是怎麼了……心頭的煩躁感……讓我莫名地痛苦。

即使昨晚佑希為了尋求自己而來到家裡，高井的心依舊無法開朗起來。

遠山、上原、千尋、相澤這四人各自拿出自己的便當，以遠山的課桌為中心聚集過來。最近這四人經常聚在一起吃午餐。

到之前為止遠山一起吃午飯的對象只有千尋，最近改變了相當多。

千尋有發現遠山剪了頭髮，其他同學則是沒有說什麼。

——也不是多巨大的改變吧。

附帶一提，上原依舊試圖邀請高井一起吃午飯，也總是被她拒絕。

就算遭到拒絕也不退縮，上原持續邀約的熱誠，讓遠山十分佩服。

「遠山，今天放學後有空嗎？我有團體使用的折價券，要不要大家一起去唱ＫＴＶ？」

前幾天和上原一起去看電影，離別時他們親吻了，她像是沒發生這件事般地照常邀請遠山去唱ＫＴＶ。

「我贊成！我要去！最近都沒去唱ＫＴＶ，我想去！」

相澤往前傾身，最先舉手贊成。

「之前常和大家一起去，但最近大家都各自離散了呢。」

根據上原的說法，頂層社交圈的成員之前經常一起去唱ＫＴＶ，在聊天群組事件以來，似乎就變得各自離散了。

很大的原因在於上原和相澤脫離了以倉島為中心的小團體。

「我今天放學後要負責圖書委員的業務會比較晚走，如果可以我就去。」

「嗯，我們可以等你忙完業務，完全ＯＫ的。對吧，美香？」

上原尋求相澤的同意。

「大約一小時的話，我們就在教室等你，沒問題哦。」

相澤也說可以等候。

「那千尋你怎麼樣？」

「佑希去的話我就去……如果只有我一個男生，我不太敢去……」

千尋這麼說著，宛如在懇求般地抬眼盯著遠山。

「千、千尋都這麼說了，那我也去吧。」

遠山輸給了千尋那讓人不覺得是男生的可愛表情。

「太好了！那我也去邀請高井同學。」

上原這麼說完，走向了一如往常地一個人安靜看書的高井身邊。

上原會邀請高井出乎遠山的意料。即使如此，她應該……不會去吧。遠山如此預想。

他無法想像高井在ＫＴＶ唱歌的模樣。

「高井同學說她要去～」

——欸？

上原回來之後說出了令人意外的話。

——沒想到高井會一起去ＫＴＶ……她的心境是有什麼變化嗎？

不過相澤也在場，趁這個機會打好交情的話，她的交友關係可以拓展開來那就好了，遠山心想。

放學之後，遠山打開圖書室的門進到裡面，發現高井已經坐在座位區看書了。

在來到圖書室之前，上原他們三人說要到圖書室等待遠山結束業務，遠山感覺會變得喧鬧，於是拜託他們不要來，所以他們現在正在教室裡等待遠山結束業務。

而高井是圖書室的主要成員，她會安靜地看書所以沒有問題。

「佑希，我有書拿不到，可以請你幫我拿嗎？」

借還書業務告一段落後，接近圖書室的關閉時間而沒有其他人在的時間點，高井向櫃檯的遠山搭話。

「好，我知道了。」

高井有拿不到的書總是會使用梯子自己拿書，她會提出這個要求還真難得呢，遠山一邊想著一邊跟在她的身後。

「那本，麻煩你。」
高井找的書在圖書室書架通道盡頭的最深處，她指向書架的最上層。
「呃……這本嗎？」
遠山爬上剛剛手上搬著的梯子，拿到她指示位置的書。
「不是，那本的右邊。」
高井指示的書是她平常不讀的戀愛喜劇。她在心境上是有什麼改變嗎，遠山歪著頭。
「好，這本對嗎？」
「謝謝。」
從遠山手中拿到書的高井，啪啦啪啦地翻動書頁確認內容。
「不是這本。」
這麼說完，高井把書還給遠山。
「再看那本。」
高井讓遠山拿了別本書，再次翻動書頁，她說句「也不是這本」後又把書還給他。重複數次之後，當高井翻動不知道是第幾本書的書頁時，翻到一半手停住了，她將翻開的書遞給遠山。
「吶，佑希，我想要這樣做。」
「咦？妳說的這個……」

高井遞出的書本打開的書頁上畫著男女熱情接吻的插圖。

這應該是在開玩笑吧，遠山看向高井，從她和平常相同、不顯情緒的表情上，看不出是在開玩笑還是認真的。

只是遠山知道，高井並不是會開那種玩笑的類型，她應該是認真的。

「說不定會被誰給看到，要是也害得高井妳招來奇怪的謠言，妳也困擾吧？」

「我就算被看見也沒關係喔。要是被上原同學看到，佑希你才困擾吧？」

一邊這麼說著，高井緩緩地逼近，往後退的遠山後背撞上書架，被逼到盡頭。

就像高井說的，遠山不想讓上原知道他們這層關係，所以遠山默不作聲地游移視線。

——呃？

從高井身上移開視線之後，遠山的脖子被某種柔軟且溫熱的東西觸碰，不禁讓他的身軀一震。

「高、高井？妳、妳在做什麼……」

高井像要咬住遠山的脖子般地將嘴唇貼上去，舌頭舔在脖頸上。

「在、在這種地方……會、會有人來的不行啦。」

即使遠山這麼說，拚命地舔著頸項的高井鼻息，以及不是洗髮精或肥皂的女性特有美好氣味，開始麻痺他的思考。

「有點鹹鹹的。」

「高井，很髒……」

「才不髒呢，而且我也不在意。」

這麼說著，高井再次用舌頭舔上了遠山的頸項。

被高井溫熱的舌頭觸感刺激大腦，遠山的後背感受到一陣戰慄快感。

「佑希，你頂著我……」

「不行。」

遠山由於脖頸受到刺激，下半身忍不住起了反應，出於羞恥他忍不住彎腰後退。

這麼說著，高井彷彿在說著不讓你逃般地用手環住遠山的腰。

「嗯！」

專心致志地持續舔著遠山脖子的高井，將自己的腰貼上遠山的下半身，緩慢地開始磨蹭起來。

高井的呼吸逐漸凌亂，遠山知道她也開始興奮了起來。

高井不僅沒有停手，更將手伸向遠山的下半身。

「嗯……佑希你好棒……」

高井將手摸上遠山的制服褲子上的突起處，流露出感嘆的嘆息，過了好一會兒手才開始上下搓揉。

「高、高井……妳不要再弄了……再、再這樣下去……」

「我不停。」

理智已然消失的遠山將手伸往高井的下半身，隔著裙子給予刺激。

「啊……」

高井有所反應，她身軀一震，發出了小聲的嬌喘。

不顧一切地，遠山即將把手伸進高井的裙子中——

「咦？沒人在？」

圖書室門扉被打開的聲音傳來的同時，某個耳熟的聲音在室內響起。

「遠山不在嗎？」

聲音的主人是理應在教室等候的上原。聽見她的聲音，遠山全身的血液凍結，立即冷靜下來，這個情形不能被上原看見，他試圖與高井分開。

——呃！

那一瞬間，遠山的脖頸傳來微小的痛感。

在可能被上原給目擊到的情形之下，高井明顯是想留下吻痕般地在他的頸項上親吻之後，似乎很美味地舔了舔嘴唇，才從遠山身體離開。

高井形狀姣好的嘴唇被自己的唾液沾濕，臉上浮現淫靡的表情。

「啊，原來遠山你在這種地方啊？你和高井同學兩個人怎麼了嗎？」

發現遠山他們的上原跑了過來，千鈞一髮之際似乎沒被她看到。

「啊，那個……高井說她拿不到書，我來幫她拿書。」

遠山快速地把手按到脖子上，蓋住被親吻過的脖頸。那裡被高井的唾液沾濕，變得濕濕滑滑的。

「遠山，你脖子怎麼了？」

上原發現遠山不自然地用手按著脖子。

「沒、沒事……這是那個……應、應該是被蟲咬到了吧。」

「嗯……這麼說起來舊書上常會有蟲呢。遠山你讓我看看。」

附在書上的蟲不會咬人，但她不像高井是個書蟲，應該不知道那種事吧。

「不、不用，我沒事啦。」

「讓我看看。」

如果繼續拒絕被看的話，說不定反而會讓人覺得可疑，遠山放棄掙扎，緩緩放下按住脖子的手。

「啊，你果然是被咬了，都變紅了。」

上原直直看著他的脖子，沒有表現出懷疑是吻痕的舉動。但實際上這是吻痕，還被上原給看見了，遠山一想到這裡，就覺得有種無法用言語形容的罪惡感。

「奇怪？好像還濕濕的呢。」

被高井的唾液沾濕的脖子遭到上原明確指出來，讓遠山的心跳加速。

「那、那個……應、應該是我整理書架時流汗了。」
「來，用這個擦一擦。」
雖然是蹩腳的藉口，但上原不疑有他，說著擦擦汗吧，從裙子口袋拿出手帕，遞了出來。
「不、不用，我沒關係。」
「你就用吧。」
「我、我知道了……謝謝。」
收下手帕的遠山，對於使用上原好意出借的手帕來擦掉高井的唾液這種悖德的行為感到心情複雜。
「謝謝。我洗好再還妳。」
「啊，不用洗也沒關係。」
這麼說完，上原沒有給遠山拒絕的時間，從他的手中迅速拿走手帕。
「手帕上有遠山的汗水……呵嘿嘿。」
「咦？上原同學妳剛剛說？」
上原將手帕收進口袋裡，同時露出稍微有些不端莊的表情喃喃地說道，但遠山似乎沒有聽見。
「沒、沒事！話、話說回來你的業務結束了嗎？」

像是要掩飾心虛般地，上原慌張地改變話題。

「剩下把還書歸位到書架上就結束了，可能要再稍微花點時間吧。」

「那我也來幫忙，這樣就能早點結束了吧？」

上原自己提出要幫忙整理。

「還書歸位由我來幫忙。書的位置我幾乎都知道，會比較快。上原同學妳在教室等。」

至今一直保持沉默的高井，提出要代替上原幫忙，從她的話中可以感受到不容反抗的壓力。

「我、我知道了……那就拜託高井同學了，我們會在教室等。」

敗在高井的魄力之下，上原離開了圖書室。

「讓上原同學幫忙不也很好嗎？」

「佑希你比較想和上原同學一起是嗎？」

「也不是那樣啦……」

遠山感覺到以高井來說難得感情用事的一面。

「佑希，你剛剛有興奮嗎？」

「咦？嗯……我有興奮……哦。」

「是嗎……我也興奮了。那……要到我的房間繼續嗎？」

由於上原在圖書室現身而冷卻下來的興奮感，在聽到高井的那句話後重新燃起，遠山感覺身體又熱了起來。

但今天的高井有點奇怪。她接受ＫＴＶ的邀約，在圖書室留下吻痕，在主動的同時也可以稍微窺見獨占欲，在遠山看來她的情緒似乎不怎麼安定。

「大家都在等我們，快點整理完就回教室吧。」

搞不懂高井在想什麼也不是一天兩天的事了，所以遠山不打算再深入思考。

在高井協助下完成圖書委員的業務之後，遠山和上原他們一行五人一起走向車站。

這些成員之中，只有遠山和千尋兩人是男性。千尋乍看之下像個女生，但他現在穿著男生的制服外套，所以看起來不會不像個男生。只是從旁看來，說不定還是會以為是一個不起眼的男生帶著四個女生一起走在路上。

上原、相澤、千尋三人，與樸素的遠山、高井兩人形成強烈的對比，感覺宛如陰與陽。

「高井，妳今天是怎麼了？難得會和我們一起參加活動呢。」

比遠山更貫徹一匹狼宗旨的高井，到底是有什麼樣的心境變化呢。

「沒怎樣。只是因為上原同學糾纏不休，我覺得很麻煩，不得已才來的。」

「哈哈，先當成是那樣吧。」

這很像不坦率的高井會說的藉口。

對於遠山別有含意的說法，高井保持沉默。

就算上原是真的糾纏不休，但要是遠山邀約，她會拒絕吧。上原宛如高手般滑溜地潛入了高井的心，引領她說出好的回覆。

遠山非常清楚上原是單純且不計較得失地想和高井交好。

所以高井也會懂得上原沒有惡意，進而一點一點地敞開心門也說不定。

一旦來到ＫＴＶ，就是上原和相澤的主場秀了。平時常來ＫＴＶ的兩人有很多拿手歌曲，唱歌經驗豐富。

遠山和千尋是用上原、相澤各唱三首歌後，中間穿插他們唱一首歌的步調在唱。

「高井同學，妳要唱什麼歌？咦？妳不太知道歌曲嗎？妳看，像這首歌就很有名，妳可能聽過喔？」

高井說她從初中之後就沒來過ＫＴＶ了。一開始她很老實地聽人唱歌，上原對她說「難得都來了就唱嘛」，並且和高井開始一起選歌。

終於輪到高井唱歌。

遠山只在教室和圖書室看到過她讀著書的模樣，以及在床上看到過她衣衫不整的模樣，現在看到高井手拿麥克風感到緊張的樣子，他感覺很是新鮮。

唱完歌的高井用鬆了一口氣的表情坐到沙發上。
「高井同學，妳唱得好棒！歌聲非常出色。」
上原不斷稱讚坐在她身旁的高井，說她唱歌的樣子也非常可愛。高井聽到她這麼說，似乎非常害羞，總是面無表情的臉上稍微混入了一點開心的感情，這應該不是心理作用。
高井雖然不習慣唱歌，但她的歌聲非常好聽。而千尋也很會唱歌，得到微妙評價的只有遠山。
遠山心想自己真的沒有什麼優點呢，稍微有點失落。
「遠山，你怎麼悶悶不樂呢？」
坐在遠山旁邊的上原，似乎感到擔心而找他說話。
「沒事，我只是覺得大家都好會唱歌啊。」
「等遠山你多唱幾次之後，就會唱得好的。這是習慣成自然啦。」
「是那樣嗎？我聽說音痴是治不好的。」
遠山基本上就是個音痴，嚴重走音。
「ＫＴＶ是本人唱得開心就好，不用在意。只要經過練習就會唱得好……下次我們兩個一起練習吧？」
上原同學若無其事地對遠山提出邀約。
「說得也是，下次大家再一起來唱ＫＴＶ吧。」

遠山清楚上原的心意，煩惱著不知該怎麼回答，最後還是選了不會讓她太過期待的委婉回答。

「呿，可惜！我還以為這可以成為和遠山單獨相處的好藉口的說！」

這麼說著的上原，卻似乎沒有特別可惜的樣子。

「嗯～好開心啊。和平常的成員不同感覺很新鮮。」

離開ＫＴＶ店，在走向車站的半路上，相澤邊伸展筋骨邊喃喃說道。

「果然ＫＴＶ就是好玩。可以紓解壓力，還能聽到高井同學唱歌，真滿足。」

結果，高井只唱了一首歌，幾乎都是上原和相澤兩人在唱。

「高井同學妳玩得還盡興嗎？」

上原問著高井。

「嗯，還可以。」

由普通人說出口的話，是個微妙的評價，但一想到這是高井的感想，那感覺就是在表示相當好了。

「嗯！那就太好了。下次大家再一起去哪裡玩吧。」

上原大概是理解成她很開心了，露出滿面笑容。

高井則是默默地點了點頭。

遠山和高井搭乘相同路線的電車，其他三人是別條路線，他們在車站前道別，各自走上歸途。

遠山在放學後的圖書室裡已經和高井約定好了要去她的房間。

因此當遠山與高井並肩坐在電車的座位上時，由於在圖書室發生了那些事的緣故，他想到接下來要和高井做的行為就興奮得難以保持平靜。

像是明白遠山這樣的心情，坐在旁邊的高井突然握住了他的手。

高井的手在柔軟之中還帶著些許熱度。

——高井也同樣期待著接下來的事情嗎？

走下電車，兩人在昏暗的夜路中默默地行走。

即使沒有對話，對兩人來說都是舒適自得的時間。

「你等一下。」

到達高井的家門前，她為了確認沒有人在而先行進屋。

「嗯，沒有人在，你進來吧。」

聽見從玄關後露臉的高井這麼說道，遠山被她拉著手進了家門。

由於在圖書室的行為而興致高漲的兩人，比平常更激烈地尋求彼此，在筋疲力盡之後裸體躺在床上。

「之後高井妳要是再被上原邀約，也會一起去玩嗎？」

高井今天會來ＫＴＶ究竟是一時興起呢，還是她的心境有了變化呢，遠山想知道她的真實心意。

「我不知道。不過……今天和大家去ＫＴＶ，感覺好久沒有這麼多人一起同歡了。」

「是嗎……那就太好了。高井妳像這樣一步一步來就好了，能夠和別人持續交際往來的話，我也會很開心哦。」

高井的家庭環境，對她有不好的影響是一目瞭然的。

不過，還只是個高中生的遠山當然不可能對她的家庭狀況多嘴，而說到他能做的事，頂多是讓她覺得校園生活過得開心而已。

「嗯……佑希你最近開始有所改變了，我也……」

高井沒有把這句話說完。

不過對遠山來說，高井想表達的意思，即使沒有說出口他也明白。

——因為我和妳是一樣的。

第 八 話　戀愛是盲目的　◆

I am sorry, but my classmates do not know
what I am doing in your room.

「和人，你還要繼續尋找犯人嗎？」

「當然，我打算持續到找到為止。必須洗清我身上的嫌疑才行……而且傷害了麻里花的傢伙我一定要找出來。」

學校放學後，在車站前的速食店裡，石山沙織以複雜的心情聽著倉島和人說話。

石山從入學開始就與和人同班。當時她對和人一見鍾情，直到現在升上二年級，這份感情也從沒變過。

「和人你的清白我會想辦法維護……不過上原同學也沒有說希望找出犯人不是嗎？那就……」

「那樣是不行的。再這樣下去會被那傢伙……被遠山搶走麻里花的。但只要我找出犯人的話，麻里花應該就會對我刮目相看的。」

聽到他的這番話，石山感受到胸口傳來針刺般的疼痛，那張端正的臉龐因而扭曲。

石山沒有對和人表達心意，將那份愛意藏在心裡。

對眼裡只有上原的和人來說，現在向他表達心意，只會如美玉般碎裂。

所以只要上原和遠山交往，和人就會放棄吧，她之前抱持著這種太過簡單的想法。石山創建了聊天群組，放出了遠山和上原在一起的謠言。

可是，聊天的內容逐漸變得過激，最後事態發展成對上原的誹謗中傷，導致遠山在班會上將之公布於眾，石山這才慌張地刪除聊天群組。

「我知道了……我也會跟朋友再打聽看看。」

雖然帶有惡意的紙條不是石山寫的，但創建聊天群組的是石山沒錯。要是這件事被倉島知道了，會被他輕視厭惡的。所以她假裝自己也在尋找犯人。而且在幫助和人的同時，也可以和他待在一起。從這種想法出發，石山持續失控暴衝著。

「抱歉啊，沙織。」

「不會，只要是和人的請求，我什麼都願意做……」

那就是石山的真心話，也是期望。

「我、我再去倒杯飲料！」

忍不住說出真心話的石山由於害羞而感到尷尬，像從和人身邊逃走般地離開座位。

石山與和人從速食店離開之後，有眼熟的一群人從隔著車道稍微有點距離的對面ＫＴＶ中走了出來。

「那是……麻里花他們嗎？」

順著和人的視線看過去，遠山、上原、相澤、沖田、高井等五個同學在KTV店前開心交談的景象躍進石山的視野中。

「麻里花……又和遠山在一塊嗎！」

石山畏縮地看向身邊的和人。那裡站著由於嫉妒與憤怒使得臉上充滿苦澀表情的和人。那幅光景讓石山的胸口再次受到針刺般的疼痛襲擊。

「和人，我們走吧。」

石山拉起和人的手，想轉頭離開現場，但他本人卻一動也不動。

「沙織妳先回家吧。」

和人揮開石山的手，開始尾隨遠山他們。

「我、我也去！」

石山也追在他身後。

兩人跟在他們後面一陣子後，在車站前遠山他們分成兩路解散了。

大概是回家方向相同，遠山和高井兩人往同一個方向走去，應該是要搭乘相同的交通工具吧。

「和人，我們也回家吧？」

「不……追在遠山和高井身後看看，我總覺得很在意那兩人。」

和人應該是察覺了什麼，表現出對遠山和高井的興趣。石山似乎也同樣感覺到了什麼，默默地點頭，毫不猶豫地跟在兩人身後。

在地下鐵的車站大廳等候電車時，石山與和人藏身在柱子後面，偷偷觀察他們兩人。電車到達時，石山與和人為了不被遠山他們發現，搭乘了隔壁的車廂。

從隔壁車廂中試圖窺探遠山他們的樣子時，被其他乘客擋住所以看不太清楚。兩人似乎是並肩而坐，卻看到他們連一句話都沒有交談。

大概是到了目的地車站，遠山和高井從座位起身，走出車門。

——他們兩人是同一站下車嗎？

如同猜想，他們在同一站下車，石山與和人也慌忙地繼續尾隨其後。

通過剪票口，遠山他們就這樣往相同方向走去。

「喂喂……那兩個傢伙到底要一起走到什麼時候啊？他們是住在附近嗎？」

兩人的行動讓和人忍不住困惑起來，與他相同心情的石山依舊跟在他們身後，直到到達某戶人家的門前時，兩人停住了腳步。

石山與和人藏身於住宅的轉角，繼續觀察。

高井率先獨自進入這戶人家，沒一會兒就打開玄關，拉著遠山的手招呼他進去。

宛如在招呼情人進到家裡般，高井臉色潮紅，似乎在期待著什麼一般的舉動，讓石山忍不住拿出手機將她的樣子拍下來。

「那兩個人在一起了嗎……？」

「嗯……有那種感覺呢。」

如果只是招呼人進到家裡，也可能是招待朋友到家裡玩而已。但是遠山和高井兩人散發著不只是普通朋友，而是男與女的氛圍。

「遠山那傢伙……明明有情人了……該不會是把麻里花放在天秤上做比較吧？」

「和人，事情還沒弄清楚之前你先冷靜。我再找機會確認看看。」

遠山要是有情人，想讓和人放棄上原的打算就會落空了。石山判斷有需要再做確認。

「如果這是事實，就能以此為素材來動搖遠山了。」

和人喃喃說著沒有要給誰聽的話。

「沙織，今天繼續待在這裡也沒用了，回去吧。」

「好。」

兩人回頭走去，心中藏著各自的打算，沿著來時路途返回車站。

——要是他們兩人正在交往的話……剛才拍的照片或許會派上用場。

石山也與和人相同，沒有意識到自己為了戀愛已變得盲目。

◆

和佑希他們去過KTV以來，放學後我和上原同學她們一起行動的次數變多了。

最近相澤同學開始稱呼我為「柚實」。

今天由於我的要求，我和相澤同學及上原同學三個人來到了反省堂。

「柚實妳都讀很難的書呢。」

我們身在標示著「純文學」的圖書區。

「會嗎？我不覺得難。只是不好懂而已。」

純文學重視藝術性，是追求文章的美感與流麗的作品，名作有太宰治的《人間失格》、與宮澤賢治的《銀河鐵道之夜》等等，我向相澤同學說明。

「繪畫的文字版那種感覺嗎？很像由一般人來看，會不知道是畫得好還是不好的那種繪畫耶。我也是搞不懂呢，而且我本來就不擅長閱讀文字。」

「因為美香妳只看漫畫嘛。這樣會連漢字都寫不出來的，妳還是讀點書比較好哦。」

「明明麻里花妳到不久前為止也是只看漫畫的。是因為想接近遠山這種不純的動機，妳才開始讀書的，我才不想被妳教訓啦。」

「等、等等美香！妳、妳在說什麼啦。才、才不是那樣！」

「咦？不是那樣嗎？要是我搞錯了，那還真是對不起哦！」

「美香……妳是故意的吧？」

「哪有啊。」

上原同學之所以會頻繁地來圖書室，問我書的事情，是因為想和佑希交情變好，這點我已經很清楚了。

「不過說認真的，美香妳也讀點書比較好哦，可以讀懂漢字，要是找到喜歡的書的類型，用空閒時間讀書也會很開心呢。」

「讀書可以讀懂漢字，這還真像小學生的感想耶。不過麻里花妳的營養全都跑到胸部去了，營養沒能到達腦袋，才會變成笨蛋的吧。」

這麼說著，相澤同學從上原同學身後環抱住她，張開手掌大把地抓住她豐滿的胸部。

「呀啊！」

「麻里花……妳的胸部該不會又變大了吧？我的手都已經掌握不住了呢。」

「我也可以摸嗎？」

沒等上原同學回答，我就把手放到那豐滿的胸部上。

「連高井同學都這樣？」

——好厲害……好大……果然佑希也喜歡大的吧。

我把手貼到自己的胸部上，那種大小的差異似乎讓我喪失了身為女性的自信。

「上原同學的胸部好大，我好羨慕。」

「麻里花妳大到沒用的胸部稍微分一點給我們吧。」

相澤同學也和我差不多吧，可能比我稍微小了些。

「真是的，妳們兩個在這種地方說這什麼話啦。太羞人了不要再說了啦。」

稍微看了一下周遭的樣子，三個女高中生在聊著胸部之類的話題喧鬧出聲，十分引人注目，周遭的男性將視線集中到上原同學身上。

——果然上原同學不只胸部大而已，人也很可愛。要我也能像她一樣的話，佑希應該也會感到開心吧？

上原同學說她被周遭的男性圍觀感覺很害羞，所以我們結帳之後離開了販售區。

離開書店後，我們向咖啡廳移動，聊天聊得很開心。

「柚實，妳的視力不好嗎？」

相澤同學大概是在意我的粗框大眼鏡，向我問道。

「我的視力並不差。這是無度數眼鏡。」

「咦？那個竟然是無度數眼鏡啊……」
我戴無度數眼鏡似乎令上原同學有些吃驚。
我摘下眼鏡，讓相澤同學她們確認鏡片。
「啊，真的耶。高井同學妳為什麼要戴無度數眼鏡呢？」
如果是為了追求時尚還能理解，但這副無度數眼鏡就算是客套話也沒辦法說它時尚，上原同學會有疑問也不是沒有道理。
「我……那個……對素顏沒有自信……」
「咦咦？高井同學妳明明是個大美人，為什麼會對自己有那種評價呢？」
上原同學不是在說客套話，似乎是真的這樣想地感到驚訝。
「什麼美人……我覺得不是那樣……」
「柚實明明有這麼出色的素顏，我覺得藏起來太浪費了啦。」
「對啊對啊，乾脆把無度數眼鏡拿掉，再換個髮型怎麼樣？我覺得會變得非常可愛哦。我來找個適合高井同學的髮型圖片吧。」
這麼說完，上原同學拿出手機，搜尋起髮型型錄，然後把手機拿到我和相澤同學兩人中間給我們看。
「這個髮型怎麼樣？」
上原同學給我們看的是短鮑伯頭的模特兒照片。

「頭髮要是維持原本的黑色，感覺會比較沉重，稍微染成明亮的顏色應該會比較好。」

我是及肩長髮，從來沒有染過頭髮，還是天生的黑色。

「怎麼樣？這樣的髮型，我覺得會很適合柚實哦。」

「會適合我嗎？」

「麻里花幫妳挑選的絕對會適合哦，她很擅長幫人挑選造型穿搭。」

「之前我還幫遠山挑過衣服哦，非常適合他，穿起來很帥氣，真想讓妳們也看看呢。」

想起幫佑希挑選衣服的就是上原同學，我的胸口深處感覺到刺刺的疼。

「柚實妳也改變髮型拿掉眼鏡變漂亮的話，說不定就能更有自信地向遠山展現自己哦。」

相澤同學用一種她知道我喜歡佑希的口吻說道。

「咦咦？高井同學妳也喜歡遠山嗎？」

由上原同學說了「也」來看，她似乎完全沒有打算隱藏對佑希的好感。

「我、那個……對佑、不是，對遠山沒有特別的想法……」

我不想讓她們知道我和他現在的關係，強調自己對他不感興趣，但卻不小心說得吞吞吐吐的。

「是、是嗎……太好了……我還在擔心像高井同學這麼可愛的人變成情敵的話該怎麼辦呢。」

上原同學和相澤同學都說我可愛。

——改變髮型，拿掉眼鏡的話，佑希應該也會為我感到開心吧？

因為想吸引佑希的注意，我想著要變得更可愛一些。

◇

一早，到校的遠山踏進教室裡，發現比平常更吵鬧。

——怎麼了？

環顧教室，他發現女同學都集中到一個地方，似乎正為了什麼在喧鬧著。

——那裡好像是……高井的座位？

遠山的腦袋似乎是想到了什麼，一抹不安掠過心頭。

他靠近高井的座位，從人群的縫隙中戰戰兢兢地窺看。

——欸？

坐在那裡的不是及肩黑長髮配上黑色粗框眼鏡的樸素女生，而是一頭染成明亮色系的短鮑伯頭髮型，摘下眼鏡後變得漂亮的美少女。

「遠山，高井同學其實是個美人，讓你嚇一跳對吧？」

看見遠山傻眼的樣子，上原用很得意的表情對他說道。

「啊……高井是美人這件事我早就知道了所以不會驚訝，她改變形象這件事才讓我驚訝哦。」

原本那般逃避與人來往的高井，竟然自己故意往引人注目的方向改變，這代表她的心境有相當大的變化吧。

「遠山你早就發現高井是美人了嗎？」

上原似乎對高井隱藏的美貌早就被遠山發現一事感到意外。

——重新仔細一看，高井真的是個美人呢。

「遠山，你幹嘛看得那麼入迷呢，是迷上柚實了嗎？呵呵。」

相澤開心地調侃道。

「沒有啦，不是那樣……她受歡迎之後，感覺距離變遙遠了，總覺得很寂寞呢。」

「哎呀哎呀，遠山你明明不是柚實的男朋友，竟然還湧現了獨占欲啊？」

笑嘻嘻的相澤似乎感到很有趣。

「哼。」

上原反倒好像不覺得有趣。

說不定高井不再需要遠山的日子已經近了，遠山無法否認想到這邊自己感到有點寂寞。

高井被班上的女生包圍著問東問西的，男生反而是遠遠地觀望著那幅光景。

高井突然變身成美人，他們應該是不知道該怎麼對待她吧。

『高井同學難道是有了喜歡的人才改變形象的吧？』
『啊，我想知道我想知道。』
『咦～會是誰呢。』、『應該是喜歡倉島吧？』等等，眾人隨意推測地說著，不過倉島……是絕對不可能的！
平常不習慣和人交談的高井不知道自己該怎麼對應，只能含糊不清地說著「呃……」或是「那個……」。
「好了好了，柚實覺得很困擾對吧？我知道大家很在意，但班會快要開始了，大家先回座位好嗎？」
相澤擠進包圍高井的人牆，讓眾人解散。不愧是原頂層社交圈的人士，不只說話堂堂正正，影響力也很大。
聚集在高井座位旁的同學們各自如小蜘蛛般地散開，回到座位上。
「高井，這髮型很適合妳哦。」
遠山趁沒人在時，悄悄對高井說道。
高井的表情難得有了變化，似乎有點嚇一跳並害羞得臉頰泛紅。
「哎呀哎呀……遠山你在對柚實說什麼情話啦。」
被最難纏的相澤給聽到了，遠山露出苦笑。
「不是啦。我只是坦率地稱讚她。」

「算了，就先當成這樣吧。不過，你稱讚得太過火的話，小心麻里花會吃醋哦。喔呵呵。」

感覺相澤只是覺得這種狀況很有趣而已。

「哥哥，你要睡到什麼時候？快點起床了喲～」

「唔～嗯……再讓我睡一下……晚安……」

大概是昨晚看書看到很晚比較晚睡的關係，即使鬧鐘有響過，但遠山似乎在無意識間按掉了。

「真是的，真的要遲到了哦。」

菜希好像在說什麼，不過他身體實在動不了也沒有辦法。

咕……

「等一下哥哥？你真的睡著了嗎……？你不起來的話，我還真拿你沒辦法耶……稍微打擾一下……」

「呼啊……棉被中充滿了哥哥的味道，晚安……」

——呃？

「菜、菜希？妳幹嘛潛入我的被子裡啊？」

才覺得身體突然變暖和而且還有某種柔軟的東西貼在身上，原來是菜希潛入棉被中一起睡著了。

「哥哥，什麼事？我好不容易才開始覺得舒服的說……」

「不要說那種會引人誤會的話！哪有這種年紀還和妹妹一起睡的兄妹！」

「這裡就有一起睡的兄妹啊？」

一起睡的兄妹確實是在這裡沒錯！

「那個是……這樣會遲到的，妳現在就從棉被裡出來。」

按掉鬧鐘之後已經過了十分鐘。再晚一點，真的就要遲到了。

「啊啊嗯，哥哥你別推我啦。」

遠山強硬地推著菜希，把她從棉被中趕出去。

然後從棉被中跳起來，慌張地洗臉刷牙，迅速換上制服後便衝向玄關。

「那我就出門了！」

「佑希，早餐呢？」

直接通過起居室，慌忙走向玄關時，遠山的媽媽向他問道。

「抱歉，我沒時間吃了，回來之後再吃。」

他慌張地穿好鞋子，衝出玄關。

「哥哥！我也要一起去，等等我啦～」

菜希大概也沒吃早餐吧，從身後追了上來。

「妳以為是誰害我要遲到了啊，我要把妳放著不管。」

「啊～嗯，你捨得把可愛的妹妹放著不管嗎？」

不管菜希還在說些什麼，遠山無視她，逕自快步走向學校。

多虧用跑的，時間上多了一點餘裕，他打算買早餐，於是在超商前面停下腳步。

「呼……呼……哥、哥哥你好過分哦，一直不斷地往前跑。」

追上來的菜希正在抱怨，他卻覺得她可以不用勉強的。距離初中部開始上課還有充裕的時間。

——而且他也沒有跑得那麼快啊。

「菜希，妳的體力比我還不好耶？」

菜希將雙手撐在膝蓋上，吁啊吁啊地喘著氣。

「你也知道我不擅長運動吧？我要求你對妹妹更溫柔一點！」

菜希說出莫名其妙的話。

「菜希妳還是鍛鍊一下體力會比較好哦。妳這歲數體力還這麼差，不太妙耶。」

不再理會提出抗議的菜希，遠山穿過超商的自動門就和熟識的女性面對面遇個正著。

「咦，遠山？來買東西嗎？」

剛進入店內，就看到正在買東西的上原身影。
「上原同學，早安。我今天睡過頭了沒吃早餐，想著要到超商買。」
「啊，大奶星人！」
一看到上原，菜希就突然對她說出沒禮貌的話。
「菜、菜希，早安。那個稱呼實在太羞恥了，妳可以別那樣叫我嗎？」
在眾人面前被大聲叫做「大奶星人」，吸引了周遭人的注目，眾人的目光更往上原豐滿的胸部集中了。
「菜希，不要用那種叫法。上原同學也算是妳的學姊，不可以不注意禮貌。妳不是小學生了。」
太過幼稚的綽號，讓遠山眼神稍微嚴厲地叮囑著菜希。
「好……上原學姊，我用沒禮貌的方式稱呼妳了，對不起。」
大概是察覺到遠山真的生氣了，她本人也像是正在反省般地垂頭喪氣著。
「沒事，我沒生氣，菜希妳打起精神來。」
這對菜希來說是個好教訓吧，她再這樣得意忘形下去也令人困擾。
「好，謝謝妳。不過我好羨慕胸部很大的學姊。請不要用那對大奶來誘惑哥哥哦。」
菜希完全沒在反省！
「啊哈哈，菜希妳還是老樣子呢。說到妳家哥哥……對了！菜希妳還有另一個哥哥對吧？」

「咦？菜希只有眼前的這個佑希哥哥而已哦？」

——糟糕！

遠山以前買保險套時，對上原謊稱是幫哥哥買的來蒙混過關。現在這個狀況會讓謊言被揭穿。

「咦？之前在自動販賣機前遇到時，我記得遠山你說過是替哥哥買的……」

上原對遠山投來疑惑的眼神。

「呃、那個……是那樣嗎？我不記得有說過那種話呢……差、差不多該去學校了，不然會來不及的，趕快結帳吧。」

遠山像個政客一樣，裝出一副不記得當時說過什麼的樣子，排隊準備結帳。

「很可疑……」

不管怎麼想都是個蹩腳的藉口，上原用鄙視的眼神看向遠山。

之後上原沒有再提及這件事，三個人一起穿過校門，跟菜希道別之後往鞋櫃前進。

說到鞋櫃就想起紙條的事，遠山慎重地打開鞋櫃門往裡面探頭查看。

「什麼都沒有嗎……」

遠山鬆了一口氣，自覺到由於誹謗中傷事件，自己的內心多少受到了一些傷害。

「遠山，一起回去吧。」

放學後，對著正在打掃的遠山，上原難得提出一起回家的邀約。

「咦？今天妳不跟相澤一起走嗎？」

「美香有事已經先回去了。」

「這樣嗎，那今天就一起回去吧。」

「太好了！」

光是可以一起走，上原的心情就十分地好。

當遠山和上原結伴打算離開教室時，受到教室內同學的注目，看著他們離開。

班會事件之後，就傳出了遠山和上原正在交往中的謠言。

上原不是特別在意，當成無事發生。遠山則是有點尷尬。

兩人穿越校庭，並肩走到校門時，遠山和上原也受到其他同學的注目。

果然上原是真的很可愛。她擁有華麗且引人注目的外貌。遠山實在無法想像這樣出色的女性竟會對自己抱持著好感。

遠山對自己沒有自信，會忍不住心想：「為什麼這麼可愛的好女孩會……？」

但是，遠山也覺得表現得太過卑躬屈膝的話，會對不起上原。

不稍微對自己有點自信的話是不行的，遠山這般對自己說道。

穿過校門，彼此無言地走了一段路後，上原似乎有事想問，不時地偷看遠山的樣子。
「那個……我有事想問遠山你。」
先打破沉默的是上原。
「什麼事？」
「遠山你在自動販賣機前那時，明明沒有哥哥，為什麼要說謊呢？」
——果然，早上那樣沒辦法蒙混過去嗎？
那時情急之下忍不住說了謊，現在卻成了自掘墳墓，當時的遠山一定從未料想過吧。
經過數秒的沉默之後，遠山開口道：
「那個……被身為同學的上原給看到實在很害羞，我忍不住就說謊了。」
關於這件事，遠山只有把謊言說到底這個選項。
「果然是遠山你有個戀人，要和那個人……那個……做那種事是嗎？」
上原用悲傷的神情凝視著遠山，繼續追問。
絕對不能讓上原知道和高井的事情。
遠山拚命地想藉口。
「『那個』是……真的不說不行嗎？」
「對，我想聽你說。」
「這樣會變成聽我說非常羞恥的事情……不是什麼美好的事情，妳說不定會討厭我，即使這樣妳也要聽？」

「我不會討厭遠山的，所以告訴我吧。」

接下來要說的話是將遠山的經驗談拿來說謊，所以是半真半假。

「我知道了……『那個』是呃……我一個人做的時候用的。」

總之先用婉轉的說法，讓上原自己領悟。

「一個人做？」

可惜光說這些，意思似乎無法傳達給上原，這樣一來就只能用直接的說法了。

遠山一邊緊張，一邊下定決心開口道：

「呃……『那個』是我一個人自慰的時候用的……哦？」

即使是謊言，遠山還是對上原說出了非常羞恥的事情了吧？這是什麼羞恥Ｐｌａｙ啊！

「咦！你、你說自慰——咦咦？」

上原用一種氣勢驚人的方式感到吃驚。

「上原同學，我說這些妳可以接受嗎？」

要是她可以接受的話，他們彼此都不用再製造更加羞恥的回憶。

「只、只說那樣我聽不懂……你、你再說得更具體一點……可以、嗎？」

上原興致盎然地繼續咬住這個話題不放。

「有、有種叫做飛機杯的東西……那、那個模擬女性的『那裡』，使用時要把潤滑液注入裡面。不過直接把我的那邊放進去的話，就會被潤滑液弄得黏黏滑滑的，要處理我的那邊就會很麻煩，才需要戴保險套做那個……自慰啦。」

半是自暴自棄地把這一大段話說完，遠山戰戰兢兢地看向上原。她連脖子都羞得通紅，整個人僵住了。

啊、啊啊……上原好純情啊。

「上原同學？妳有在聽嗎？」

「咦？呃……我有、在聽哦？不、不過，也太厲害了……」

回過神來的上原尖聲說出回應。

「就是這麼一回事。要說出這種話，我也覺得十分羞恥。」

由於是經驗談，我想描述時應該帶有無比的真實感。

「遠、遠山你也……那個……對、對色色的事情有興趣嗎？」

「我也是個健全的男生……所以當然有啦，也因此我才會使用那種東西。」

「那樣的話……那、那種色色的事情和我……那個……做……」

嗯？上原的語意感覺歪到奇怪的方向去了。

「和上原同學……做什麼？」

遠山雖然已經理解上原想表達的意思，卻故意裝成聽不懂的樣子。

「啊啊，我做不到！太過於羞恥，我說不下去了……害遠山你得說出這麼害羞的事情實在非常抱歉。」

似乎已經羞恥到極限，上原放棄再說下去，並向遠山道歉。

「不會，沒事的，錯的是說謊在先的我。不過……我想也能讓妳更了解男生那方面的事情了。」

總之雖然是謊言，但她可以接受了，應該吧？

「嗯，我明白了。要、要是你想做色色的事，那就……找、找我商量吧。」

商量……要是真的找她商量，那她會怎麼幫我呢？

「嗯、嗯好……我知道了。」

就這樣用更具衝擊性的事來掩蓋住，總算是成功蒙混過去了。買保險套這件事，比起用飛機杯自慰這件事的衝擊性來說，應該算是小事了。

「上、上原同學？」

好說歹說總算是度過了難關，放鬆下來也才過了一瞬間，上原就毫不顧忌他人目光地從正面抱向遠山，並把手緊緊環抱後背貼上來。

「遠山你願意將說謊的理由告訴我，讓我鬆了一口氣……可是……」

上原將臉埋在遠山的胸口上並繼續說道：

「說不定遠山你是為了跟其他女性做那種事才買的保險套，一想到這裡我的胸口就感到苦澀及哀傷……我是在嫉妒看不見的對象。不過事情並不是這樣……真的太好了。」

——我好差勁。

遠山正如上原所害怕的那般，是為了與其他女性——高井做愛才買了保險套。

並且他再次對上原說了謊。

遠山背叛了信任他的上原，當知道這個真相時，她會受到多麼大的傷害呢？

上原對他說出自己覺得嫉妒的真心話。

為了給班上其他同學好印象，上原幫助遠山改變形象，但另一方面，上原也矛盾地不希望遠山被其他人搶走。

「沒事的啦。上原同學妳放心吧。」

用謊言加固謊言，在那終點等待著的是什麼後果呢？

遠山腦中浮現最近逐漸改變的高井的臉。雖然她由於家務事和許多麻煩事感到困擾，但看著現在的她，就會覺得總有一天她不需要遠山的日子將會到來吧。

所以到那時候——

「我明明沒有束縛遠山的權利，卻說了些任性的話，對不起。」

上原離開遠山的胸膛時，這樣喃喃地說道。

「沒有……那回事哦。」

遠山目前無法給上原除此以外的回答。

一早，來到學校的高井確認桌子抽屜時，發現有類似白色信封的東西放在裡面。

如果是普通的女高中生，大概會以為是情書吧，但高井想起的是前一陣子發生的針對佑希和上原的騷擾。

——這次輪到我了嗎？

高井像是事不關己般地心平氣和。

不能現在當場開封，她將白色信封從桌子抽屜中取出，為了確認內容走向廁所。

在廁所的隔間中，高井確認了信封的內容物。

裡頭放著一張白色便條紙和一張照片。

——嗯？

那張照片拍攝到高井招呼佑希進到家中時的景象。

看來似乎是大家一起唱完KTV後回到家時的景象被偷拍了。

接著她打開被摺起來的便條紙，觀看上面寫的內容。

『我想談談這張照片。今天放學後，在屋頂的水塔下恭候大駕。』

寫這些內容的人沒有在信紙上署名。
被尾隨到家門前都沒發現，實在是太大意了，高井後悔自己的警戒心太弱了。
假如佑希只是進到她的家裡，她說不定可以找點什麼藉口。可是，也許有人會由此開始懷疑高井和佑希之間的關係。
這樣會給佑希帶來麻煩，也會讓上原傷心，這種局面她絕對要避開。
——放學後，她似乎也只能前去赴約了。
要是沒有那張照片，高井原本打算無視被叫出去的要求。但是既然對方手上有照片，那她只有前去赴約一個選項。

放學後沒有去圖書室，高井前往屋頂。
通過圖書室的前面，走上階梯，打開門的高井由於陽光直射而瞇起眼睛。走上沒有人跡的屋頂，她在稍微有點距離的水塔附近看到人影，於是走了過去。
「把這封信放進我書桌抽屜的是妳？」
在這邊等著的是同班同學石山沙織。到目前為止她與石山不曾接觸過，她是出於什麼目的而使用這種迂迴的方式把她叫出來的呢？高井有無盡的疑問。
「抱歉突然把高井同學叫出來。」
與這句話相反，石山沒有覺得歉疚的樣子。

「那妳想跟我說什麼？」
高井也沒有擺出要責怪石山的態度，冷靜地提出正題。
「我單刀直入地問了，高井同學妳和遠山同學正在交往嗎？」
石山也不廢話，直攻重點。
「我和遠山沒有在交往。那天只是約好要借書，他才會來我家。」
「但是妳招呼他進家門的樣子感覺不像在招呼朋友，那看起來像是男女在幽會哦？」
那個時候高井和佑希沒有提高警戒，毫無防備。由於在圖書室的行為興奮起來，彼此都意識到接下來要做愛而性致高昂，忍不住散發出了雄性與雌性發情的氛圍也說不定。
「……我和遠山沒有在交往，這是事實。」
如果石山所說的「交往」指的是她和佑希是情人關係的話，那就如高井所說的他們沒有在交往。因為高井和佑希是炮友關係。
「我知道了。要是兩位在交往我還在想該怎麼辦呢，要是沒在交往那就沒問題了。」
「妳只是想講這個？」
「不是，接下來才要進入正題，我希望高井同學今後不要再與遠山同學扯上關係。」
「妳這是什麼意思？」
「就如同字面的意思哦。我也不是要妳和遠山同學絕交啦，而是希望妳不要再做出邀他到家裡這種會引人誤會的事情。」

「為什麼？」

「為了支持班上同學的戀情啊。像高井同學這麼可愛的女孩子要是和遠山同學交情好的話，她可是會嫉妒的，所以我希望妳和遠山同學保持距離。」

「我不懂妳的用意。我的交友關係還輪不到妳出言干涉。」

「是嗎……那就沒辦法了……這張照片要讓班上的誰看到呢？說不定會有人覺得妳和遠山同學的關係很可疑哦。」

這麼說完，石山向高井亮出手機，上頭顯示高井招呼佑希進去她家裡時的情景的照片。

「我知道了……」

比起謠言散開，被上原得知兩人的關係並失去一切，只要自己忍耐的話……這麼思考著的高井被迫選擇苦澀的選項，除了接受石山的提議之外別無他法。

「太好了，謝謝妳採納我的意見。請妳不要忘記這張照片的存在哦。」

石山提起相片的事，暗暗威脅高井不要做什麼多餘的事。

「最後我想問，妳說的喜歡遠山同學的班上同學是誰？是妳嗎？還有妳支持那個女生的理由是什麼？」

高井早就知道是上原，但還是忍不住問了。

「遠山同學應該不是我的菜呢。理由……就隨妳想像吧。」

石山對關鍵的地方一律不予回答，就像是事情辦完般地迅速離開了現場。

「佑希……這樣做應該可以吧？」

高井像是自言自語般地問道，而會回答這個問題的佑希，她從此只能從遠處觀望了。

◇

如同平常的午休，遠山和上原、相澤、千尋四個人一邊說笑一邊吃著午飯。

「遠山同學，我也可以加入你們嗎？」

前來搭話的是同班同學石山沙織。

「……好、好啊，當然沒關係啦，大家也都可以吧？」

事出突然，遠山愣了一下才回答。

確認其他人的意思，也沒有特別遭到反對。

「石山同學請坐。」

「啊，遠山同學你知道我的名字嗎？真開心。」

至今為止從來沒說過話，石山會這麼想也無可厚非。

「當然，我有好好記住全班同學的名字哦。」

身為圖書委員，遠山平常雖然與其他年級以及其他班級的同學接觸較多，但也記得自己全班同學的名字。

「遠山同學之前不太與班上的同學往來，我還以為你不太在意其他人。」

正如石山所說，以前他確實是不太在意其他人。不過，正因如此遠山才會將上原捲進誹謗中傷事件裡。

在團體中有一個人特別突出，在周遭人眼裡是個異類。結果不管外表樸素還是保持沉默，都還是很顯眼。

所以遠山現在決定重視與每一個人的交往。

「我之前的確是這麼想的，但現在我想和大家都好好往來哦。多虧現在在這裡的上原同學和相澤同學，還有千尋，才讓我轉變成這種想法的。」

「我最初向你搭話時，你是真的想避開與我往來吧，回應非常冷淡呢。遠山，對吧？」

一剛開始和上原說話時，因為不想引人注目而閃避她這件事是千真萬確。

「想到那件事，我就覺得很不好意思哦。上原同學，對不起。」

「不會，我也不在意啦。」

上原這麼說，對遠山來說是種救贖。

「不過，佑希真的改變了耶。這也要歸功於上原同學以無私奉獻的心態來接觸他吧？」

正如千尋所說，遠山自從和上原往來之後就有所改變了。上原和高井往來時也是，即使遭到對方冷淡的回應，她依舊沒有放棄，繼續前來搭話。拜此所賜，高井也敞開了心房吧。

「真是的，沖田同學，你在石山同學面前這麼說讓人好害羞。」

上原被誇得都害臊起來。

「總覺得這裡的大家看起來都很開心，讓我好羨慕。」

看到遠山等人的交流，石山低聲說道。

「這麼說起來，石山同學今天怎麼會來我們這邊？」

包含遠山在內的其他人應該都是同樣的想法，由千尋詢問道。

「嗯，是呢……你們總是很開心的樣子讓我覺得好羨慕。我也想和沖田同學、上原同學和相澤同學變成好交情，當然也包括遠山同學哦。」

這麼說完，石山將目光轉向遠山。

石山的那種眼神似乎是對遠山抱著好奇心，又像是在打量著遠山。

「今天放學後大家有空嗎？要不要去電子遊樂場？」

石山突然提議去電子遊樂場玩。

「咦？為什麼是電子遊樂場？」

遠山覺得疑惑，向石山詢問道。

「因為我想趕快和大家打成一片，像電子遊樂場這種地方最適合加深交流了不是嗎？」

確實一邊玩遊戲的話，就不會缺乏話題，石山所言也算有道理。

「如果是這樣……就大家一起去吧。我有想要的夾娃娃機的獎品。遠山你也去嗎？」

上原像是在懇求般地抬眼看著遠山，徵求他的同意。

「那樣的話，我也去。」

「太好了！沖田同學你呢？」

遠山也要去這件事讓上原看起來很開心。

「嗯，我也沒什麼事，我也去吧。」

「那我去邀請高井哦。」

這麼說完，遠山走向高井的座位。

「大家說要一起去電子遊樂場，高井妳要去嗎？」

遠山對她說完之後，高井就瞥了一眼上原等人組成的小團體。

「我就不去了。像電子遊樂場那種吵雜的地方，我不喜歡。」

「是嗎……雖然可惜也只好算了。下次再大家一起去哪玩吧。」

「嗯，下次再約吧。」

「我知道了。」

遠山原本要就這麼轉身回到上原他們那裡，不過他改變想法，再度轉身面向高井。

「高井……那個……」

「什麼？」

「最近當我在圖書室輪值時，妳都沒來，還有……妳也不讓我去妳的房間，我在想是發生……什麼事了嗎？」

遠山感覺最近高井正在躲避著自己，心想會不會是被她討厭了而感到不安。

「現在我家裡有事在忙，而且我媽在家的時間變多了，才沒有叫你來。」

「是嗎……那就沒辦法了呢。」

聽到她這番話，遠山鬆了一口氣。

「嗯，所以你不用擔心。」

「我知道了。抱歉問妳這種奇怪的問題。」

「我才要說抱歉，我應該先跟你說的。」

「不會，沒事的，妳別在意。」

「那我回去了哦。」

「嗯，你玩得開心點。」

躲避他的真正理由不能對任何人說，還要撒謊搪塞他，讓高井感到心痛。

「高井她不喜歡電子遊樂場這種吵雜的地方，她說不去。」

「是嗎……好可惜……原來高井她不喜歡那種地方啊……」

得知高井不參加，上原看起來打從心底感到婉惜。

「那相澤同學妳要去嗎？」

遠山對一直沒有參與對話的相澤問道。

「嗯……我也不去。」

「咦——！美香妳也不去嗎？」

接在高井之後，相澤的不參加，讓上原頓時垂頭喪氣。

「我平常都和麻里花一起回家了，今天你們就四個人開心玩吧。」

「嗯，也是啦……高井同學也不去……不過，下次再大家一起去吧。」

最後要去電子遊樂場的是遠山、上原、千尋和石山等四人。

遠山發現一件事，那就是相澤一直都沒有和石山說過一句話。石山和相澤交情不好嗎？

「美香，那我們走了哦。」

「路上小心。」

上原和相澤打了聲招呼後，就和佑希等人一同離開了教室。

「柚實，可以說一下話嗎？」

在佑希等人前往電子遊樂場之後，相澤找留在教室裡看書的高井說話。

「相澤同學？怎麼了嗎？」

「柚實妳不一起去真的好嗎？」

「嗯，我不喜歡吵鬧的地方，所以沒關係。」

「是嗎……話說回來，柚實妳最近怎麼了？看起來妳似乎在躲避遠山耶。」

每天都到圖書室報到的高井，卻只有在佑希當班那天不會露面，大概讓相澤感覺到不自然吧。

「那是妳多心了，我和平常一樣。」

「……如果是這樣那就好。要是有事可以找我商量哦。」

「嗯，我知道。謝謝妳相澤同學，妳不用那麼擔心，沒事的。」

這麼逞強著的高井其實很想對相澤全盤托出。不過高井和佑希的關係終究是不能被承認的，要是被人知道的話，大家都會變得不幸。

所以高井將一切悶在心裡，裝出平靜的樣子。

「還有一件事，關於石山同學我有話想先跟妳說。」

高井平常雖然對他人不感興趣，但從相澤口中拋出石山的名字還是讓她心頭一亂。

「石山同學她怎麼了？」

「這件事班上女生幾乎都知道……她喜歡倉島。但我卻感覺到她是故意接近倉島喜歡的麻里花。」

高井瞬間明白了石山說「要支持喜歡佑希的人」的話中之意，她終於可以理解石山的行動了。

石山打算幫助上原這個情敵交到情人，進而讓倉島放棄。高井雖然無法對石山不顧他人觀感的拚命行為產生共鳴，卻能理解她。

「是嗎……她也很拚命呢。想必……」

「那是什麼意思……」

「我要回去了。相澤同學再見。」

轉身背對不能理解「拚命」這個詞的意思的相澤，高井離開了教室。

「柚實……妳知道什麼嗎？」

被獨留在教室裡的相澤喃喃自語道。

◇

放學後，連同石山，遠山一行四人一起來到車站前的電子遊樂場。

「好久沒來電子遊樂場了！遠山，那個很可愛吧？」

進入電子遊樂場，上原看到夾娃娃機的機台排列的景象，興致高昂而且十分興奮。

她指著夾娃娃機台的獎品，催促著遠山趕快夾取。

在購物中心及網咖時她都是如此，上原似乎很喜歡這種娛樂性質的場所。

「遠山同學，你很會夾娃娃嗎？我想要那個耶。」

石山挽住遠山的手臂，做作地將胸部靠上來。

雖然沒有上原那麼大，石山也擁有傲人的大胸部，遠山因為對方突然將身體靠過來而稍微為之動搖。

「還、還好，說會夾也算是會夾啦？」

「我會出錢的，你幫我抓那個。」

這麼說著，石山把遠山硬拉到她看中的娃娃機台。

「我、我知道了啦，妳可以放開我的手嗎？這樣我也很難操作。」

「啊，抱歉啦。太開心了不小心就……遠山同學你害羞了，還滿可愛的。呵呵。」

明明到今天中午前都沒交談過，石山太過主動的行為嚇得遠山不知該如何應對。

當遠山投入在夾娃娃遊戲時，石山親暱地與他貼在一起，依然持續著肢體接觸。

「石山同學她相當主動耶，上原同學妳沒關係嗎？」

上原落寞地看著那幅光景，讓沖田看不下去地對她問道。

「我去一下那邊！」

被沖田這句話推了一把，上原往那兩人身邊跑過去。

「太好了！遠山同學你很會夾呢！只玩兩次就夾到了，好厲害！」

「獎品位置剛剛好，這是比較容易夾到的狀態喔。運氣還不錯。」
似乎順利夾到了獎品，遠山他們兩人一起歡快地喧鬧著。
石山再次挽住遠山的手臂，身體靠了上來。
「遠、遠山！我也有想要的東西，你過來這邊！」
「上、上原同學？我、我知道了。石山同學，那我過去一下。」
上原也不認輸地拉住遠山的手，硬是把他從石山身邊搶了過來，把人拉到有她想要的獎品的娃娃機台前。

「遠山，你怎麼色瞇瞇的，被可愛的女孩子用胸部貼上來真開心呢。」
「我、我才沒有色瞇瞇的……而且那是不可抗力造成的哦。」
「嗯……我覺得你看起來起了色心喔？」
遠山其實不討厭被胸部壓著的感覺，所以無可辯駁。
「上原同學，妳在生氣？」
「我才沒有生氣呢。我又不是遠山你的女朋友。」
上原負氣地把頭往旁邊一撇。
「那、那上原同學妳想要哪個獎品呢？」
「像這樣想用東西討女孩子歡心是沒用的。啊，不過要是你幫我夾到的話，我也是可以收下啦。」

「我知道了。我會為了上原同學努力夾到的。」

遠山拚命討上原歡心。

「真的嗎？那……你夾那個。」

「交給我吧！」

「原來上原同學真的喜歡遠山同學啊，有點意外。」

在遠處看著遠山和上原的互動，石山自言自語地喃喃道。

班上沒少謠傳上原和遠山正在交往，石山原本還是半信半疑的。

「石山同學妳也對佑希有興趣嗎？從剛才妳就很主動耶。」

聽到那句話的沖田，將到剛剛為止遠山與石山的互動都看在眼裡，因此他將心中所想問了出來。

「我啊……是想要煽動上原同學的嫉妒心才故意那樣做的。」

石山回了一個對沖田來說是意外的答案。

「咦？為什麼要故意做那種事？」

「你不覺得上原同學在戀愛方面意外地比較晚熟嗎？所以我才想要從背後推一把。這樣做之後，她和遠山同學之間的氣氛就變得不錯了吧？」

「原來如此……石山同學妳想讓上原同學和佑希湊成一對嗎？」
「就是這樣。沖田同學你也支持他們吧。」
「好，我知道了！我也支持他們。」
什麼都不知道的沖田被石山的花言巧語所欺騙，決定開始支持上原的戀情。

「遠山你好厲害！夾一次就中了！」
渾然不知沖田與石山的對話，遠山和上原兩人玩夾娃娃機玩得很開心。
「來，這個送給上原同學當禮物。」
遠山將剛從夾娃娃遊戲中得到的獎品遞給上原。
「這是遠山第一次送我的禮物……我好開心……」
「只是獎品而已，妳太誇張了啦。」
「不是哦，這是特別為我夾的，我會好好珍惜的。」
「是嗎……上原同學妳喜歡真是太好了。」
看見上原的心情完全好轉，遠山鬆了一口氣。
「抱歉打擾兩位的歡樂時光，遠山同學一起來拍大頭貼吧！」
此時石山插入氣氛正好的上原他們兩人之間，用力推著遠山的後背，硬是把他推到拍貼機裡頭。

「石、石山同學？」

留下上原與沖田，遠山和石山進到攝影區消失了身影。

「真是的！我們好不容易才嗨起來的！」

又被石山給打擾，上原不滿地鼓起臉頰。

「呵呵，石山同學她相當強勢呢。」

和明白內情的沖田不同，對上原來說是不有趣的局面。

「沖田同學，我們也來拍大頭貼吧！」

「咦咦？我和上原同學拍嗎？我不習慣拍這個，感覺好害羞哦。」

「沖田同學你的臉很美，我想應該會很上相哦……反倒是我，以女生的魅力來說感覺會輸你……」

「我覺得沒有那種事……上原同學是個美女，我可是男的哦？」

「沖田同學……看來你似乎不太了解自己呢。接下來我就讓你好好了解一下吧。」

沖田也被上原推著後背，把他推進了拍貼機的攝影區中。

「石山同學，我是第一次拍大頭貼，不知道該怎麼拍耶？」

在狹窄的攝影區內和女生兩人獨處，遠山變得十分乖巧安分。

「機台操作交給我。來，要拍了，你把身體再靠近一點。」
「呃、好……」
被石山催促著再靠近一點，遠山戰戰競競地與她並肩而立。
「你看，第一張是這種感覺。遠山同學……你的表情太僵硬了！還有五張可以拍，你放輕鬆點，我們一張一張拍！」
不習慣被拍照的遠山，表情僵硬到好笑的地步，石山看見螢幕上顯示的照片好像覺得很有趣。
「也算是比剛剛有進步了吧？雖然表情還是不太自然啦。」
隨著拍攝次數增多，遠山漸漸有些習慣了，但瞥了一眼顯示在畫面上的自己那不起眼的臉，他實在無法理解拍大頭貼的樂趣在哪。
果然這是開朗積極的人們開心喧鬧著拍攝的東西，遠山感覺自己實在是格格不入啊。
「遠山同學你好像不太開心。」
「沒、沒那回事喔！我只是不習慣拍照，忍不住緊張而已。」
「那麼，最後一張我就給你特別優待好了。嘿咿！」
——嗯？
「等、等等啊石山同學？」
石山保持著面向鏡頭的姿勢抱了上來，她的臉近得幾乎像要親吻上遠山的臉頰。

「欸嘿嘿，最後這張遠山同學的表情變得還不錯呢。」

最後一張照片拍到突然被石山抱住而以驚訝的表情呆愣住的遠山。

雖然的確是自然的表情，但這個不能被其他人給看到啊，遠山十分困擾。

「這張也要印出來嗎？不刪掉嗎？」

「當然一定要印出來的吧？拍得這麼好的照片要是刪掉多浪費啊。」

「……這張照片不能被其他人看到啊。」

遠山氣力全失地垂下肩膀。

「咦？應該沒關係吧？還是說你不想被上原同學看到？也是，她說不定會吃醋呢。」

「咦？我想她不會那樣吧……」

「遠山同學我問你，你對上原同學是怎麼想的？」

「妳問怎麼想……？石山同學妳怎麼突然問這個？」

石山唐突的提問讓遠山感到困惑。

「她可是班上最受歡迎的女生哦，遠山同學也對她有興趣對吧？」

「嗯……上原同學很可愛，個性也好，我覺得她很有魅力哦。」

「喔喔，遠山同學你對她的評價也很高呢。那你喜歡上原同學嗎？」

「這個問題我不回答不行嗎？」

「當然要回答。你不回答，我就把這張照片散布到班上。」

這麼說完，她指向顯示在拍貼機螢幕上的遠山被石山抱住的照片。

「……我當然喜歡上原同學。」

「哦……原來遠山同學喜歡上原同學啊？」

「不、不是那個意思，我是指對朋友的喜歡。」

「我明白的。那你有想過要和她交往嗎？」

「……我和上原同學並不相配哦。」

「呵呵，你沒否認呢。」

遠山有種正在被石山誘導式詢問的感覺。

「石山同學，我不懂妳問這些的意圖是什麼？」

「沒什麼，稍微做點意識調查而已。你別在意。」

「不，我忍不住會在意……」

「是個男人就別在意這種小事。」

「是這樣嗎……」

結果還是不清楚石山詢問的意圖，遠山氣力全失地垂下腦袋。

「等等我用手機把拍好的照片傳給你。」

「咦？連那種事都做得到嗎？」

「都這時代了，當然做得到啊。遠山同學你真的是高中生嗎？真像個大叔耶。」

這麼說完，石山輕聲地笑了。

「奇怪？千尋和上原同學去了哪裡？」

結束拍照後，遠山和石山從拍貼機的攝影區走出來，發現上原和千尋消失了蹤影。

「他們應該是一起在拍大頭貼吧？你看，印出來了哦。」

完成的拍貼照有幾張是僵硬表情的，還有一張拍到被石山抱住而驚訝得嘴巴半開的遠山蠢樣。

「……都是些表情非常丟臉的照片耶。」

石山習慣拍大頭貼，拍得非常上相，與表情僵硬的遠山成為有趣的對比。

「不過，最後一張照片，我覺得你的表情也很自然，還不錯喔。」

最後一張照片出於被出乎意料地抱住，驚嚇的表情當然自然，卻是張可能會引來誤會的照片。

正當石山和遠山針對印出來的照片做品評時，上原和千尋從別台拍貼機的攝影區中走了出來。

「佑希，久等了！」

「千尋你也和上原同學拍了大頭貼啊。」

「對啊。不過……沖田同學實在太過上相了……我快沒自信了……」

上原他們拍的大頭貼印了出來，遠山探頭看向那些照片。

「真的耶……這只會以為是兩個女生一起拍的耶？千尋，你真的是女生吧……」

「遠山，就是這樣！做了許多加工和修正之後，他就變成美少女了！而我卻幾乎沒什麼變化……」

確實大頭貼照中的上原和平常沒有什麼兩樣，那是因為本來就好看吧。相比之下，千尋變得更像個女性了。

「哇，沖田同學也太可愛了吧？你與班上第一美少女的上原同學相比也毫不遜色耶。」

「沒、沒那回事喔……那、那佑希你們拍的大頭貼也讓我們看看吧。」

千尋害羞低頭的那副神態正如同美少女一般。

「嗚哇，遠山你的表情好僵哦。」

看見大頭貼，上原嘴裡說出如同遠山預想的話語。

「這也沒辦法吧，我是第一次拍。」

「石山同學很習慣拍大頭貼呢……和遠山兩人單獨拍照……真好耶……我也想要。」

上原很羨慕似地嘀咕著什麼。

「遠山，接著和我拍吧！你和石山同學一起拍過應該習慣了，這次應該沒問題吧？」

「咦？還要拍嗎？」

「那當然啦。好啦，快點走吧。」

就這樣，和上原一起拍完人生第二次的大頭貼，遠山已筋疲力盡。與他相對的，上原將印出來的大頭貼珍惜地收進包包裡，似乎心滿意足。

「那麼上原同學，最後和我一起拍大頭貼吧！」

「咦？還要拍嗎？」

「機會難得，也來聊點女生悄悄話嘛。」

「嗯，好，我知道了。」

「那麼遠山同學你在等我們的時候，也和沖田同學用拍貼機兩個人拍點大頭貼吧？」

石山事不關己般地隨口說完，便拉著上原的手臂進入拍貼機的攝影區，兩人就此消失了蹤影。

「我已經不想再拍大頭貼了啦！而且還是兩個男生耶，千尋，對吧？」

拍貼機是女生們或情侶們才拍的對吧？遠山為了徵求同意而將目光轉向千尋，但他看到的是千尋低著頭抬眼往上看來，似乎正害羞著的樣子。

「佑、佑希……我們也拍吧？」

——你為什麼要羞紅了臉呢！

輸給了石山的強勢，上原被推進拍貼機的攝影區中，她稍微掀開機身的門簾偷看遠山他們的情形。

「嗯……遠山和沖田同學……簡直像是情人一樣……結果他們兩個一起去拍大頭貼了……」

上原不滿地嘟囔著。

「上原同學難道在吃醋嗎?沖田同學很可愛，遠山同學似乎也不是毫無感覺的吧?」

「那、那種事!怎麼……會呢……沖田同學是男生耶……」

「老是說那種話，說不定他會被搶走的哦?妳喜歡遠山同學對吧?」

「咦?為、為什麼妳會知道這個……」

上原應該沒想到自己的心思會被石山給看穿吧?

「啊哈哈，妳不用那麼吃驚，其實很容易發現呢。」

「有那麼容易看穿嗎……?」

「是啊……光是今天跟妳一起來電子遊樂場玩，就會發現妳渾身散發著那種好喜歡他的氛圍哦。」

「好、好害羞啊……」

上原滿臉通紅，低頭用兩手遮臉。

「我說啊，上原同學妳最好在遠山同學被壞女人纏上之前趕快告白喔。」

還在想著她突然說了些什麼，原來石山是在向自己提議去對遠山告白，上原無法隱藏內心的動搖。

「咦、咦、咦咦！不、不行啦！遠山他對我好像沒興趣耶……」

沒有自信的上原變得無精打采。

「才沒那回事！剛才我在拍大頭貼時有問過遠山同學，他說他喜歡上原同學喔。」

石山故意保留「對朋友的」這個詞不說，直接傳達給上原。

「真、真的嗎？」

「對，就是這樣沒錯。遠山同學他似乎覺得上原同學很好，絕對會成功的哦。所以妳就告白吧？」

「沒、沒問題嗎……？」

「我說沒問題的！上原同學妳這麼可愛，要有自信點。」

「是、是嗎……那我就告白好了……」

被甜美的語言煽動，上原已經產生要告白的想法，中了石山的計。

「對，沒錯，我也會幫妳的。明天就告白吧！」

「明、明天？那麼突然的話，我還沒有心理準備……」

「告白要靠氣勢喔！今天你們兩人之間的氣氛變得不錯了吧？不能放過這個機會！」

「是、是嗎……我也覺得好像氣氛不錯耶……我、我知道了……那我該怎麼做？」

「只要交給我來辦，一定會成功的。」

「好、好，我知道了！我明天會加油的。」

就這樣，上原的告白準備在遠山不知道的地方一步一步地進行著。

一如往常地到校的遠山，在自己的鞋櫃前僵直了身體。

「這個是情書？不對……不可能有那種事啦。又是騷擾嗎？」

鞋櫃中的室內鞋上頭，端整地放著白色信封。乍看之下像是情書，但現實中沒有那麼好的事。他收到滿載惡意的騷擾紙條也只是最近的事。

遠山慎重地取出信封收到書包裡，慌張地跑進廁所的隔間中。在周圍的其他同學眼中，他只是因為肚子痛而跑進廁所吧。

「寫信的人沒有署名嗎……」

戰戰兢兢地打開信封，裡頭放著白色的便條紙和一張照片。

——照片？

與便條紙一起放在信封中的照片，拍到高井拉著遠山的手把他迎進家門的瞬間。

——被目擊到了嗎？是從唱完ＫＴＶ後就被尾隨了嗎？或者是偶然……？

現在只能知道，這封信不會是像情書那種讓人開心的內容。

他戒慎恐懼地打開信封中的便條紙確認內容。

『給遠山同學：有一事相求。今天放學後在體育用具倉庫前會有人等著遠山同學。放學後請你到倉庫前面實現那個人的願望。』

為了不被比對出是何人所寫，這封信不是手寫，而是用電腦列印的。

——連照片都附上的話，意思是如果不想被發現他與高井之間的關係，就乖乖閉嘴聽話嗎……？

雖然不知道對方會提出什麼樣的要求，遠山能做的事也有限。

只靠照片無法確定遠山與高井之間是什麼樣的關係，不過會傳成謠言。對方應該是以此為目標吧。這樣一來他只能遵照信中的指示了。

「只能去了。我要藉此結束這一切。」

雖然不知道對方會提出什麼樣的要求讓遠山感到不安，但他下定決心要讓這一連串的騷擾行為劃下休止符。

◇

「美香，我有話想跟妳說，可以占用一點時間嗎？」

下午的課程結束後，麻里花對相澤表明她有事要說。
「嗯，沒問題。妳要說什麼呢？」
「我也想和高井同學說，在這邊說會被別人聽見，到教室外頭吧。」
麻里花環顧周圍，壓低聲量告知相澤，又跑到柚實身邊。
帶著原本留在教室裡的柚實，麻里花和相澤三個人一起到了一個少有人跡的地方。
「到這種地方來，是被聽到會困擾的事情嗎？」
相澤判斷是要講重要的事情，於是以認真的神情向麻里花詢問道。
「該說是困擾嗎……應該是被聽到會害羞……吧？」
「我也可以聽嗎？」
「當然可以啦！高井同學也是我重要的朋友，所以我想讓妳知道。」
柚實擔心地問了之後，麻里花說希望柚實也能一起聽她講。
被稱作是「重要的朋友」，柚實看起來有點開心，不過應該是多心了吧。
「那就不能不認真聽了呢。」
相澤表情認真地正面看著麻里花。
「呃……那個……」
想說卻又難以啟齒，麻里花結結巴巴地幾乎說不出話來。
「麻里花，如果那麼難以啟齒的話，妳也可以不用勉強哦？」

「不會，沒事的。」

那副樣子讓相澤覺得擔心，於是溫柔安慰道，不過麻里花閉上眼睛深呼吸之後，似乎下定了決心，轉成認真的表情再次面向相澤與柚實。

「我……等等要去向遠山告白。」

做好覺悟的麻里花從口中說出衝擊性的告白宣言。

「咦！麻里花……妳剛剛說了什麼？」

太過衝擊，讓相澤還以為自己聽錯了，又向麻里花問了一次。

「我等等要去向遠山告白。」

而聽到她這番話的柚實，維持著一貫的面無表情，動也不動。

「怎麼會突然就要告白了呢……」

對相澤來說，就像是青天霹靂般地驚訝。

「昨天我在電子遊樂場和石山同學聊過了……她說我很有希望，鼓勵我告白哦。」

「因為她毫無根據的話，妳做了這麼重大的決定嗎？」

以相澤的角度來說，基於那麼不可靠的情報來決定要告白，她覺得很驚人。

「不是那樣的。石山同學直接問過，她說遠山親口說他喜歡我。又說只要我去告白，絕對會成功的，就交給我來實行。」

「……所以妳就決定今天要去告白了？」

「對……石山同學說她會先把遠山叫到體育用具倉庫前面，之後我只要過去告白就行了哦。」

「妳啊……」

沒想到麻里花喜歡遠山到這種地步，是相澤失算了。雖說戀愛是盲目的，但麻里花已經完全看不清周圍的情況了。

「美香妳不支持我嗎……？」

相澤的樣子讓麻里花似乎感到不安。

「當然不是那樣！我一直都站在麻里花這邊喔。所以……加油吧。」

事已至此，已經沒有人能夠阻止了，也沒有人有權利阻止。而且說不定真的會告白成功，從此變得幸福。

「高井同學妳也幫我加油哦。」

麻里花瞥了一眼至今都面無表情並保持沉默的柚實。

「那我出發了。」

這麼說完，麻里花轉身，奔向愛慕之人的身邊。

「還以為是什麼事……沒想到是突然打算要告白，真是讓人嚇一跳呢。對吧，柚實。」

「柚實？」

目送麻里花的背影遠去，相澤尋求柚實的同感，不過卻發現她沒任何反應，於是她膽顫心驚地回頭，看見了柚實站在那邊一副茫然失措的樣子。

「柚實……妳怎麼——！」

原本想對柚實說些什麼的相澤最後說不下去只能打住。相澤眼中映出了柚實流到臉頰上的淚水。

「柚實……難道妳也對遠山……」

淚流不止的柚實就這樣什麼也沒說，不知道往哪裡跑走了。

「啊啊，真是的！怎麼會變成這樣啦？遠山，都是你的錯！」

相澤一邊恨恨地罵道，一邊追在柚實身後，但完全追丟了。

「吁啊……」

高井聽到上原要去告白，腦袋變得一片空白，等到回神時已經哭了出來，像是逃走般地離開了相澤的身邊，她往佑希被叫去的體育用具倉庫方向跑去。

——我，喜歡佑希。

聽到上原要向佑希告白時，她有種絕望的感覺。不想輸給上原，不想要佑希被搶走，如此殷切期盼著的高井如今終於察覺了這份心情。

「呀啊！」

跑著要彎過走廊轉角時，高井與其他同學差點相撞，在千鈞一髮之際避免了這個危難。

「對、對不起。」

是在走廊跑步的自己有錯，高井向對方道歉並面向那個同學。

「石、石山同學？」

「高井同學，妳慌慌張張的是怎麼了？」

「沒、沒事……抱歉差點撞到妳。」

「也沒撞到，沒事啦。話說高井同學妳的臉……」

高井的眼淚已經不流了，但石山看到她哭腫雙眼的表情後似乎察覺了什麼。

「是嗎……看來妳已經知道了呢。是上原同學跟妳說的嗎？」

高井安靜地點頭。

「所以妳才會慌慌張張地想要往校舍後面跑過去吧。不過……我可不會讓妳去打擾他們兩個。雖然對妳很抱歉，但他們兩個之間如果不順利的話，我會很困擾的。」

「石山同學……那是為了妳自己嗎？因為妳覺得如果他們兩個交往，倉島同學就會放棄上原同學？因為只要倉島同學能夠放棄，他說不定就會願意轉頭看著妳？」

被說中真實想法，石山無法回嘴只能保持沉默，高井又繼續對著她說道：

「所以妳讓上原同學產生告白的想法，唆使她去向遠山告白。」

「妳不要再說了！」

不想聽到別人說出自己的所作所為，石山可能懷著罪惡感也說不定。

「石山同學，我明白的，那種喜歡的人不看著自己的辛酸。但是，就算這樣也不能利用別人的心情，那樣是把那個人的心情——」

高井說到一半就停住了，她驚愕地雙眼圓睜。她沒有看向原本四目相對的石山，視線捕捉到了她身後的某人。

「沙織……剛剛說的是真的嗎？」

石山轉頭看向那不可能忘記的聲音來源，那裡站著倉島。

「和、和人！你、你從什麼時候在那裡的……」

「從妳們兩人剛開始對話時，我就在那個角落聽到了。」

——咦！

也就是說倉島聽到了所有的事情，像是石山從上原背後推了一把煽動她去告白，還有這是為了讓倉島能夠看到自己而做的等等的一切。

石山覺得全身的血液彷彿都被抽走了一般。會被倉島討厭的，她只怕這個。

「所以麻里花要向遠山告白是真的嗎？」

倉島冰冷的視線與冷淡的聲音讓石山無法出聲。

「回答我，沙織！」

倉島的大喝聲讓石山嚇得身體顫抖不已。

「倉、倉島同學……拜託你冷靜點……」

高井也因為倉島的怒喝聲而有一瞬感到膽怯，但還是懇請他冷靜下來。

「高井，妳沒關係嗎？事情變成這樣。」

「當然有關係……可是，我能理解她的心情。」

「是嗎……」

倉島是接受了她的回答，還是沒有接受，高井不清楚。

「遠山同學和上原同學應該在體育用具倉庫前會合了……」

石山臉色發青地擠出聲音，向倉島傳達他應該想知道的情報。

「可惡！」

聽到這裡，倉島轉身應該是打算去體育用具倉庫。

「和人，你別去……」

石山以微弱的聲音試圖阻止要前往上原身邊的倉島，但是倉島只是瞥了一眼石山，就快步離開了現場。

◇

遠山在前往體育用具倉庫的途中，於稍微有些距離的地方停住了腳步，從樹木後面窺探著倉庫前面的情形。

——上原同學？

從遠處看也很顯眼的髮色與那華麗的氣質，不可能與他人錯認。

「把我叫出來的是上原同學嗎……？不對……上原同學不可能會做出這樣的事情。」

上原肯定也是被人叫來倉庫的，遠山對自己說應該有什麼陷阱，便往上原身邊走過去。

「遠山……你來了啊……」

遠山現身時，上原沒有感到驚訝的樣子，而是臉上浮現有些害羞，還有些開心的表情。

——上原同學早就知道我會來？所以把我叫出來的果然是上原同學嗎？

「把我叫來這裡的是上原同學？」

「對、對啊，沒錯……抱歉突然把你叫出來。你、你會困擾嗎？」

上原低著頭，抬眼看過來，臉上浮現不安的表情。

「沒那回事哦……不過妳特地把我叫來這種地方到底是怎麼了？」

「呃……那個呢……我、我有事情想對遠山說。」

看見上原害羞得臉上泛紅，一副在鑽牛角尖的表情，遠山想起信上寫的『實現那個人的願望』這句話。

——難道說……？

遠山的心臟怦怦地加速跳動。

「那個呢……我呢……」

拚命地想傳達心意而編織著語言，想起上原從剛剛到現在的言行舉止，遠山理解了現在即將要發生的事情。

——上原同學，妳不能再……

「遠、遠山——」

——不能再說下去了！

「麻里花！」

呼喊「麻里花」這名字的聲音從遠處投射過來，像是要蓋過他們的說話聲，讓上原停下即將說出口的話。

朝聲音方向看去，倉島喘著大氣，以險惡的表情跑過來遠山和上原的身邊。

「和、和人？你怎麼會來這裡……」

上原似乎也不知道倉島會來。遠山愈來愈陷入混亂。

「倉、倉島……？你也是被叫過來的嗎？」

「不，我不是，我是從沙織那邊聽到你們的事才來的。」

「從石山同學那邊？到底是怎麼回事啊？」

「那種事怎麼樣都行。麻里花……」

倉島用一副在鑽牛角尖的表情做了深呼吸，神情看來似乎做好了覺悟，與上原面對面。

「我……喜歡妳。所以……希望妳能和我交往。」

上原沉默地聽著倉島突如其來的告白。

三人之間一片靜默。

「和人……」

安靜聽完告白之後，上原開口道：

「……我……有喜歡的人了……所以……我無法回應你的心意，對不起。」

上原的告白，是對誰說的呢，不管是倉島或者遠山都無從得知。

「唔！麻里花……妳就對那傢伙那麼——」

「不可以！」

「高井？」

突然間，高井從倉庫後面飛奔而出。她應該是躲在倉庫後面聽著到剛剛為止的談話吧。

「倉島同學……你不可以再說下去了……」

「高井……難道妳可以接受嗎？他可是把妳和麻里花放在天秤上比較也說不定喔！」

「佑希他……不會做那種事。」

「妳和遠山正在交往吧？但這個男的卻色瞇瞇地和其他女生約會喔！即使如此妳也能說得這麼肯定嗎？」

「……我沒有和佑希交往。」

「怎麼可能啊？我和沙織都看到了，妳和這傢伙兩個人一起進到妳家！」

對倉島的這項質疑，高井既不肯定也不否定地保持沉默。

「這點妳不否認呢。遠山你怎麼說？」

思考追不上事態發展只能在旁邊看著的遠山被倉島要求回覆，但是對這件事他只有一個回答。

「……我和高井沒有在交往。」

「是嗎……那樣的話，我追求高井你也沒問題嗎？我被麻里花甩了，而且我從以前就在注意高井了。」

倉島的話聽起來有點像是自暴自棄，但他的說話用語卻彷彿是在測試遠山。他應該是在演戲，目的是想引誘遠山說出真心話吧。

「那是騙人的。你的眼裡只有上原一個人。」

——！

「……對啦……沒錯！我一直都喜歡麻里花。從入學開始就一直喜歡！不過解決針對麻里花的騷擾行為的是遠山……是你！我卻被懷疑是做出騷擾的犯人，真是太不甘心了！」

情緒激動的倉島逼近遠山。

「倉島同學……我痛切地了解你的心情。不過……那不能成為你責怪佑希的理由，所以……」

高井詞窮了，無法再說下去。

「聚集在遠山周圍的都是仰慕你的同學，太讓人羨慕了。不管是麻里花還是美香都是！遠山……要是沒有你就好了！」

倉島那樣已經只剩下怨恨了。

「說這種話的你才是看不起人，一直把人當笨蛋，你回想看看自己從以前到現在的言行舉止好嗎？你應該是自作自受吧！」

遠山原本一直默默聽著，但對於倉島自私的話語，他火大到無法隱忍。

「區區一個遠山，還真囂張啊！」

步步逼近的倉島用單手抓住了遠山的前襟。

「你就是這種地方不好啦，倉島。被我說中了對吧？所以你才會像這樣不用說的，打算訴諸暴力。」

「閉嘴！」

「我才不閉嘴。我會說到你承認為止！你是自作自受！」

「這渾帳！」

倉島雙手抓住遠山的前襟，把他的身體壓到體育用具倉庫的牆壁上。在傳出喀鏘聲響的同時，遠山的表情因痛苦而扭曲。

「和人住手！」

「沙織……？」

扯著遠山的前襟，像是隨時要出手揍人的倉島，突然被石山從背後抱住，試圖阻止他。

「和人……全都是我的錯……拜託你住手……」

石山雙眼泛淚，拚命地阻止倉島。

「……是嗎……結果，我不僅被懷疑是騷擾行為的犯人，還什麼都得不到，孤單一個人……哈哈。」

放開原本扯住遠山前襟的手，倉島無力地垂下頭。

「遠山……你沒事吧？」

「我、我沒事哦。」

高井斜眼看著關心著遠山的上原，朝著茫然失措的倉島背後說道：

「倉島同學……雖然你說你是孤單一個人，但其實不是那樣喔。有個把你放在心上的人就在你身邊。所以……我希望你能多看看那個女生。」

高井把視線投向維持著從倉島身後擁抱他的姿勢，把臉埋在他背上的石山。

倉島轉頭一看，有一瞬間和石山互相凝視著。

「啊……」

倉島溫柔地讓石山從身後離開，並轉身離去。靜靜地看著倉島遠去的身影，石山隨後也往他身後追去。

倉島和石山離開之後，留下來的三人不知道該從何說起，只能無言地一直站著。

但最後打破那片沉默的是上原。

「有想說的話而把遠山叫出來的是我，抱歉把大家捲進了這種事情耶。」

上原不惜把他叫出來也想傳達的事情，遠山已經心知肚明了。而對那件事的答案也早就決定好了。之後只剩下做好聽上原傳達心意的覺悟和承受後果的勇氣。

「不會，沒關係的。比起那個……妳想和我說什麼？」

遠山完全理解了這次的事情始末，把遠山叫出來是要讓上原告白，他也明白是石山安排了這件事。

「不了……目前我實在是沒有勝算，還是先算了。」

上原邊看向高井邊這麼回答道，然後將視線落到了自己的腳邊。

「是嗎……我知道了。」

「抱歉是我任性了。」

聽到她這麼說，雖然遠山早已做好覺悟，但他還是發現自己鬆了一口氣。

明明知道再這樣下去是不行的，卻又不想破壞目前的這段關係。

所以……遠山不曾後悔自己選擇了目前的關係。

就算這只是把回答延後而已。

然後到了明天，應該又會開始一如往常的日常生活吧。

體育用具倉庫事件之後，遠山和高井被偷拍的照片沒有成為謠傳，倉島和石山他們也沒有再做出什麼事情來。

一如往常的放學後，遠山在圖書室從事圖書委員的業務，在他身旁高井一如往常地安靜看著書。

「遠山！我來玩了！」

圖書室的門被猛然打開，上原飛奔而入。

「上原同學，在圖書室請保持安靜，而且這裡不是提供玩樂的場所哦。」

「欸嘿嘿，對不起。不過，也沒其他人在吧？所以稍微吵鬧一點也沒差吧。」

上原又一如往常地出現在圖書室，言行也一如往常。

遠山指向高井坐著的那桌，看著上原。

「高井同學妳在啊？抱歉我沒有注意到。」

看見高井的身影，上原往她身邊走過去，一如往常地向她搭話。

「嗯，我不在意，沒關係。」

高井仰視站在桌子旁的上原。

上原與高井四目相對，兩人互相凝視對方。

——多麼可愛的女孩子啊。

看不出情感波動的那雙瞳眸，幾乎要將上原吸了進去。

高井身上纏繞著的神祕氛圍，還有易碎的飄渺感更是加深了她的魅力。

——我該不會贈鹽與敵了吧？

幫助高井改變形象，將她的魅力發揮到最大限度的上原感到有些後悔。

上原回想起在體育用具倉庫前發生的事。

遠山、高井、和人三個人的談話內容，和人說他看到遠山進入了高井的家，而高井並沒有否認。

而且從高井的口中說出了「佑希」這個遠山的名字，那應該是他們兩人獨處時本來的稱呼方式吧。

上原如此確信著。

說不定，那兩人之間已經沒有自己能夠介入的餘地了？

這麼一想，上原的胸口感到苦澀與落寞。

但是上原還是甩開了這個想法。

就算真的是那樣，遠山那天在班會上展現出來的勇氣確實是為了上原而產生的。

——我不想放棄！

如此深切希望著的上原把臉靠近高井的耳邊，輕聲說道：

「我不會放棄『佑希』的。」

聽到這句話，高井再次仰視上原。

總是面無表情的高井吃驚得雙眼圓睜。

「是嗎……」

高井只說了這句話，便把視線移回書上。

一如往常……這是為了讓人相信自己滿足於現狀的虛偽詞語。上原對高井發出情敵宣言之後，齒輪開始轉動，已經無法停止。

「上原同學，妳不可以打擾高井看書哦。」

遠山擔心她會打擾到高井看書，朝兩人走近。

「高井同學，沒那回事對吧？」

「上原同學，妳會打擾到我看書，要是沒事了就別跟我說話。」

「咦咦？高井同學，這時候妳應該說『並不會打擾哦』才對吧！」

看著她們這樣的互動，遠山忍不住要噴笑出來。

然後，他捧著肚子側眼偷看高井的樣子，她的臉上有一瞬間露出了至今從未見過的表情，遠山沒有漏看。

——沒錯，她的確是微笑了。

角川映画と邦画の歴史

我是藉由這部作品出道的ヤマモトタケシ。

各位有看過賣保險套的自動販賣機嗎？

在我住的地方附近有很多台，看著在嚴冬的寒冷夜晚中散發光芒的自動販賣機，我想到了這個故事。

用自動販賣機買保險套時被別人看到會覺得羞恥嗎？

如果做這件事的是高中生主角的話？

要是對主角抱有好感的女主角看到這幕會怎麼想？

這些妄想在腦中浮現，由於我自己想看後續發展所以開始動筆寫故事。

當靈感浮現開始動筆時，距離小說比賽的截止日期只剩下三週，但我還是想辦法寫了出來，順利地提昇了排名。

之後我把在第六屆カクヨム網路小說大賽中榮獲戀愛喜劇部門特別賞與ComicWalker漫畫賞如此光榮獎項的作品，經過大幅的修正與加筆之後，改寫成現在這部作品。

本作與網路版有著不同的故事發展，各位是否看得開心呢？

要是各位能夠覺得有趣或是想要看後續，那就太好了。

接下來是謝辭。

其實在寫這部作品的不久前，我的處女作網路小說連載才剛完結，為了專心致力於個人有興趣的插畫繪製中，我甚至考慮要封筆（實際上我在推特發過封筆文）。

但是，推特的跟隨者對我說：「小說比賽就像祭典一樣，就大玩一場吧。」

要是書峰颯沒有這樣對我說，我想這部作品不會存在。

非常謝謝書峰颯在背後推了我一把。

關照什麼都不太懂的新人，給予我改稿的建議並陪我討論，小說刊載時在各方面都全力給予協助的角川Sneaker文庫的ナカダ編輯，衷心地感謝您。

負責插畫的アサヒナヒカゲ老師，您難道能將作者腦中的角色形象直接輸出嗎？我忍不住會這樣想，感謝您幫忙畫出和我的腦中形象相同，如此出色的插圖。

負責漫畫化的ももずみ純老師，我很期待您畫的漫畫版。

在我遇到寫作煩惱時陪我討論的琉斗、みず氷、樹山，對你們的感謝我無法用言語形容。

最後要向閱讀網路版、書籍版給予我支持的讀者們，以及在小說刊載時給予各種協助的相關人員全員表達謝意。

深切期盼這本書能夠大賣，第二集得以發售，遠山、高井、上原這三個人的故事可以繼續寫下去。

追記

《月刊Comic電擊大王》預定開始連載本作的漫畫化作品。

希望各位也能享受漫畫版！

ヤマモトタケシ

（註：以上為日本方面的情況。）

國家圖書館出版品預行編目資料

不起眼的我在妳房間做的事班上無人知曉/ヤマモトタケシ作；Cato譯. -- 初版. -- 臺北市：臺灣角川股份有限公司, 2022.12-

冊；　公分. -- (Kadokawa fantastic novels)

譯自：冴えない僕が君の部屋でシている事をクラスメイトは誰も知らない

ISBN 978-626-352-089-9(第1冊：平裝)

861.57　　111017186

Kadokawa
Fantastic
Novels

不起眼的我在妳房間做的事班上無人知曉 1

（原著名：冴えない僕が君の部屋でシている事をクラスメイトは誰も知らない）

2022年12月14日　初版第1刷發行

作　　者：ヤモトタケシ
插　　畫：アサヒナヒカゲ
譯　　者：Cato

發 行 人：岩崎剛人
總 編 輯：蔡佩芬
編　　輯：黎夢萍
美術設計：吳佳昫
印　　務：李明修（主任）、張加恩（主任）、張凱棋

發 行 所：台灣角川股份有限公司
地　　址：104台北市中山區松江路223號3樓
電　　話：（02）2515-3000
傳　　真：（02）2515-0033
網　　址：www.kadokawa.com.tw
劃撥帳戶：台灣角川股份有限公司
劃撥帳號：19487412
法律顧問：有澤法律事務所
製　　版：巨茂科技印刷有限公司
ＩＳＢＮ：978-626-352-089-9